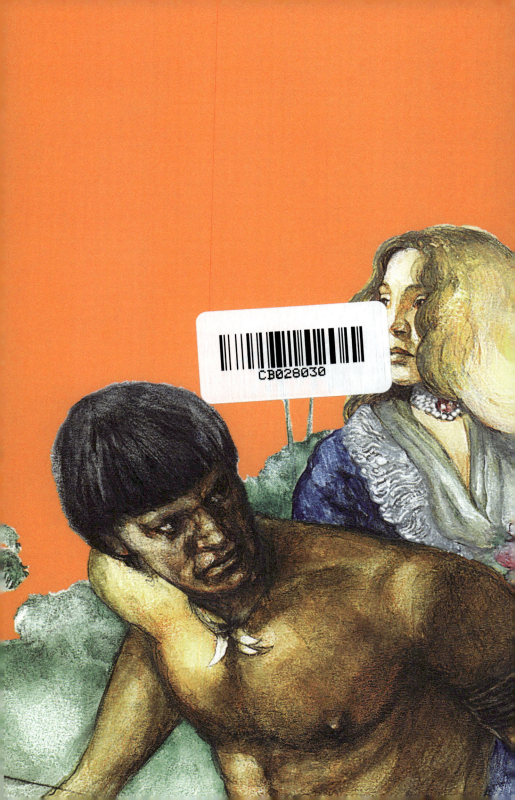

CÂMERA NA MÃO, O GUARANI NO CORAÇÃO

MOACYR SCLIAR

editora ática

Câmera na mão, O Guarani no coração
© Moacyr Scliar, 1998

Editora-chefe Claudia Morales
Editor Fabricio Waltrick
Editores assistentes Carmen Lucia Campos
Lizete Mercadante Machado
Coordenadora de revisão Ivany Picasso Batista
Revisora Marcia Nunes
Estagiária Fabiane Zorn

ARTE
Diagramadora Thatiana Kalaes
Editoração eletrônica Estúdio O.L.M.
Ilustrações Rogério Borges
Ilustração de José de Alencar Samuel Casal
Estagiária Mayara Enohata

CIP-BRASIL. CATALOGAÇÃO NA FONTE
SINDICATO NACIONAL DOS EDITORES DE LIVROS, RJ

S434c
2.ed.

Scliar, Moacyr, 1937-
Câmera na mão, O Guarani no coração / Moacyr Scliar ; ilustrações Rogério Borges. - 2.ed. - São Paulo : Ática, 2008.
120p. : il. - (Descobrindo os Clássicos)

Contém suplemento de leitura
ISBN 978-85-08-12023-9

1. Alencar, José de, 1829-1877. O Guarani – Literatura infantojuvenil. 2. Literatura infantojuvenil brasileira. I. Borges, Rogério, 1951-. II. Título. III. Série.

08-3611. CDD: 028.5
CDU: 087.5

ISBN 978 85 08 12023-9 (aluno)
CL: 736571
CAE: 241954

2024
2ª edição
11ª impressão
Impressão e acabamento: A.R. Fernandez
OP 248477

Todos os direitos reservados pela Editora Ática S.A.
Avenida das Nações Unidas, 7221
Pinheiros – São Paulo – SP – CEP 05425-902
Atendimento ao cliente: (0xx11) 4003-3061
atendimento@aticascipione.com.br
www.aticascipione.com.br

IMPORTANTE: Ao comprar um livro, você remunera e reconhece o trabalho do autor e o de muitos outros profissionais envolvidos na produção editorial e na comercialização das obras: editores, revisores, diagramadores, ilustradores, gráficos, divulgadores, distribuidores, livreiros, entre outros. Ajude-nos a combater a cópia ilegal! Ela gera desemprego, prejudica a difusão da cultura e encarece os livros que você compra.

EDITORA AFILIADA

AMOR E AVENTURA NUM ROMANCE QUE ATRAVESSOU O TEMPO

Tato e seus amigos jamais imaginaram que iriam se apaixonar por um livro escrito no século XIX, do qual até então só sabiam que se tratava de um clássico da literatura nacional. Mais ainda. Jamais teriam sonhado que *O Guarani* iria marcar suas vidas.

Tudo começou quando, depois de ganhar uma câmera, Tato inscreveu-se em um concurso de vídeo sobre o famoso romance de José de Alencar. Apaixonado por cinema, ele reúne sua turma da faculdade e todos se lançam com entusiasmo ao trabalho.

Ao conhecer o enredo de *O Guarani*, os amigos percebem, admirados, que embora haja diferenças fundamentais entre as duas épocas, histórias de aventura e de amor com desfechos surpreendentes não são privilégio apenas dos dias de hoje. Descobrem ainda o quanto a situação dos povos indígenas continua a merecer a nossa atenção.

Enquanto tomam contato com as aventuras do índio Peri e sua profunda paixão por Ceci, os jovens têm uma convivência diária cheia de surpresas. Amores, ciúmes, momentos de reflexão, de acaloradas discussões ou simplesmente de riso e alegria se alternam nesta história escrita com o talento de Moacyr Scliar.

Com a criatividade que já o consagrou como um dos mais interessantes escritores da atualidade, Scliar oferece aqui um duplo prazer: a oportunidade de conhecer um romance que vem fascinando os leitores desde que foi escrito, no século XIX, e a história de um grupo de adolescentes determinados a realizar um sonho... e que graças a *O Guarani* acabam vivendo uma experiência inesquecível.

Os editores

SUMÁRIO

1 De como *O Guarani* atravessou o século e entrou em nossas vidas.. 9

2 De como encontrei José de Alencar — e ele sobreviveu 18

3 De como encontramos os personagens de *O Guarani*.. 34

4 De como Peri mata a onça — e conquista de imediato a nossa admiração............................ 39

5 De como as coisas começam a deslanchar............... 45

6 De como Peri descobre uma conspiração — e deixa-nos a todos indignados............................ 50

7 De como encontramos um Peri na vida real 56

8 De como Peri salva Álvaro — e de como o Cacique muda de ideia, salvando-nos da ansiedade............ 69

9 De como as coisas se complicam: o ataque está em marcha. Mas boas ideias começam a surgir, gerando a esperança, por enquanto ainda tênue, de um final feliz.. 75

10 De como a tragédia se abate sobre a casa de D. Antônio, sem comprometer, contudo, a brava equipe que está tentando transformar esta saga em vídeo e que lutará até o fim para consegui-lo 85

11 De como Peri e Ceci escapam da tragédia. E, de quebra: a nossa versão para o final da história........... 95

12 De como encontramos os descendentes de Peri — e, acreditem, muito pouco tinham a ver com o glorioso personagem..101

13 De como Peri e Ceci navegam na palmeira, indo ao encontro de nossos sonhos..................................105

14 De como chegamos a um final feliz — para nós e para muitos 110

Outros olhares sobre *O Guarani* 115

· 1 ·

De como *O Guarani* atravessou o século e entrou em nossas vidas

O Guarani, de José de Alencar, é um livro que marcou a cultura brasileira. Para mim, é mais do que isso. *O Guarani*, de José de Alencar, marcou a minha vida. Esta é a história que eu gostaria de contar a vocês.

Meu nome é Renato. As pessoas me chamam de Professor Renato, porque dou aulas de Comunicação, mas à época em que ocorreu esta história — quinze anos já, como o tempo passa! — todos me conheciam por Tato (e eu sinto falta do apelido, podem crer). Eu tinha dezenove anos e recém havia entrado na universidade. Naquela época era maluco por cinema. Uma coisa herdada do meu avô, que era um cineasta frustrado — tentou adaptar para a tela Machado de Assis, sem resultado — mas que mesmo assim continuou um cinéfilo fanático. Pelo menos duas vezes por semana íamos ao cinema e aí eram duas horas de encantamento, ele me explicando baixinho:

— Observe, Tato, como a câmera se aproxima do rosto dela... Olhe o jogo de luz e sombra...

— Calem a boca — gritavam as pessoas atrás de nós, irritadas. Que se irritassem, a mim não importava. Adorava aquelas explicações, assim como adorava os livros e as revistas que vovô me emprestava. Quando chegou a época do vestibular, não hesitei: escolhi Comunicação, para depois me dedicar ao cinema. Ou ao vídeo, que naquela época ainda era novidade, mas já me fascinava.

O problema é que eu não tinha equipamento. Todas as minhas tentativas de gravar haviam sido feitas com câmeras emprestadas, nem sempre muito boas. Eu não ousava pedir a meu pai que comprasse uma. Funcionário público, ganhava pouco, e as câmeras eram então caríssimas. E eu jamais conseguiria economizar o suficiente, ainda que fizesse um bico aqui e outro ali.

Qual não foi a minha surpresa, portanto, quando um domingo de manhã fui subitamente acordado pela família toda, papai, mamãe, minha irmã mais velha Teresa. No começo, meio tonto — tinha ido dormir de madrugada —, não me dei conta do que estava acontecendo. Mas aí eles começaram a cantar o "Parabéns a você", e lembrei que era meu aniversário. Quando me entregaram uma caixa embrulhada em papel de presente, jamais poderia imaginar o que continha.

Era uma câmera de vídeo. Como a que eu queria? Não. Muito melhor, muitíssimo melhor, o equipamento mais sofisticado que eu já vira. Saltei da cama, abracei-os, chorando de emoção.

— Agora você está com tudo para se transformar num cineasta — disse minha irmã. De fato, tudo o que eu queria era experimentar a minha câmera. Mas meu pai não estava de acordo:

— Primeiro, a festa. Você tem direito a um almoço na Cantina do Pepe.

Vesti-me e fomos para lá. Como era de seu costume, o gordo Pepe anunciou ao microfone que o jovem Tato, "gênio do cinema", comemorava o aniversário. Todos vieram me felicitar; foi uma festança.

Nos dias que se seguiram eu passei todo o tempo às voltas com a câmera: estudando o manual, gravando cenas, enfim, treinando, e cada vez mais maravilhado. Então, uma noite, Teresa entrou no meu quarto, jornal na mão:

— Tem uma coisa aqui que pode interessar a você — ela disse.

— Leia para mim — pedi, ainda às voltas com a câmera.

Tratava-se de uma pequena nota no segundo caderno, informando sobre um concurso para cineastas amadores, promovido por uma fundação cultural. Os candidatos deveriam apresentar adaptações de grandes obras da literatura brasileira, em filme ou em vídeo. O prêmio, em dinheiro, era dos maiores naquele tipo de concurso.

— O que é que você acha? — perguntou Teresa.

Eu deveria ter visto na notícia uma grande oportunidade; a verdade, porém, é que aquilo me deixou meio inseguro:

— Não sei. Acabei de ganhar a câmera, nem sequer sei manejá-la...

— Talvez seja uma oportunidade para você aprender. Tente, rapaz. O que é que tem a perder? No mínimo, ganha alguma experiência. E é um desafio.

— Mas não posso me meter nisso sozinho...

— Quem disse que você precisa se meter nisso sozinho? E os seus amigos? Você não tem um grupo de amigos que querem fazer cinema? Façam uma equipe. O regulamento aqui diz que pode. Olhe só: "Poderão se inscrever concorrentes isolados ou em equipe". Vá lá, mano. É uma boa.

— Você acha?

— Claro que acho. E acho também que vocês têm de se mexer logo. As inscrições terminam no fim da semana.

Teresa era mais que uma boa irmã — era amiga e conselheira. Era a ela que eu recorria quando tinha problemas ou quando queria um conselho. Raramente errava, ela. De modo que corri para o telefone e de imediato liguei para a turma.

A turma: três amigos que, como eu, eram apaixonados por cinema. Aníbal, filho de Cássio Marques, conhecido ator de tevê, Pedro, que conhecia toda a história do cinema brasileiro, e Rosane, a Rô.

— Tenho novidades para vocês. A gente se encontra no Clécio, às cinco.

O Clécio era um bar frequentado por jovens com interesse em cinema, ou em música, ou em literatura. Lugar pequeno, mas servia sanduíches muito bons, e com nomes de cineastas, Fellini, Glauber Rocha, Antonioni. O cinquentão Clécio era, como nós, fanático por cinema, e foi para ele que, tão logo chegamos, mostrei a câmera:

— Grandes obras sairão daqui, Clécio! Grandes obras!

Ele pediu para ver o equipamento, examinou-o, aprovou-o:

— É bom mesmo. Vamos ver se você está à altura dessa câmera. Mas antes disso...

Voltou-se para o pessoal das mesas:

— Atenção, pessoal! Vamos saudar o nosso amigo Tato que está fazendo anos, e que hoje inicia a sua carreira de cineasta!

De imediato todos se levantaram e vieram até o balcão. De novo, foi aquela celebração. Aí alguém me bateu no ombro:

— Eu tenho direito de furar a fila.

Era a Rô, claro.

Ah, era bonita, ela. Um tipo exótico: filha de alemão com mulata, era aquela mais improvável e fascinante das combinações, morena com olhos claros. E alta, esguia, longos cabelos negros — linda, linda. Além disso, inteligente e voluntariosa: na universidade, onde, como eu, cursava Comunicação, era líder estudantil. Até havia pouco tinha sido namorada de Aníbal; por iniciativa sua, haviam decidido terminar. As relações entre os dois estavam estremecidas, volta e meia brigavam, o que, para mim e para Pedro, era motivo de desgosto e constrangimento. Tentávamos reaproximá-los; nesse sentido, o concurso poderia ajudar bastante: um objetivo comum seria ótimo para aparar arestas.

Todo mundo quis ver a câmera; e todos se mostraram impressionados.

— Não há dúvida, seu pai quer ver você cineasta — disse Aníbal, não sem melancolia; não se dava bem com o pai, que aliás quase nunca via, o que era para ele motivo de constante frustração.

— Agora você não tem desculpa — acrescentou Pedro.

— Com uma câmera dessas você tem de fazer um grande vídeo.

— É justamente sobre isso que eu queria falar — eu disse. — Vamos sentar, precisamos bater um papo.

Sentamos todos, tirei do bolso o recorte de jornal, li a nota.

— Então? Não é uma grande oportunidade?

Fez-se um instante de silêncio. Eu olhava os meus amigos, um a um. Não posso negar que estava ansioso; aquele era um momento decisivo. Alguma coisa poderia estar começando ali. Se topassem, claro. Com eles, eu me sentia pronto para embarcar na aventura do vídeo. Sem eles, não me adiantava ter equipamento de última geração. E foi Rô, a decidida Rô, quem tomou a iniciativa:

— Eu acho uma boa. Se queremos trabalhar com vídeo, esta é a nossa chance. A gente tem de arriscar, sem medo. De repente, somos melhores do que pensamos.

Talvez para contrariá-la — a mágoa às vezes é venenosa —, Aníbal optou por torcer o nariz:

— Sei não. Concurso é uma boa, como vocês dizem, e a grana não é de jogar fora. Dá até para montar um pequeno estúdio. Agora: adaptar uma grande obra... Não sei. Eu gosto de ler, vocês sabem, e até já fiz adaptações, mas tenho medo. Talvez fique uma coisa muito intelectualizada, muito elitista.

Uma dúvida que Pedro também tinha, mas por outra razão:

— Preferia que dessem mais liberdade. Essa história de impor um tema me parece meio autoritária.

— Acho que não — insistiu Rô. — O tema são eles que propõem; mas a forma somos nós que decidimos. O que vai pesar aí é a nossa capacidade de imaginar, de criar. Estou vendo isto como um desafio.

Voltou-se para mim:

— E o dono da câmera, o que acha?

De início eu não soube o que responder. Os argumentos de Aníbal e Pedro me pareciam ponderáveis, mas o entusiasmo de Rô me contagiara. Estava certa, ela: o que tínhamos a perder? Depois, quem não se arrisca não consegue nada. De modo que, depois de pensar um pouco, respondi:

— Concordo com você. Acho que temos de tentar, nem que seja para adquirir experiência.

Uma ideia que Pedro e Aníbal acabaram aceitando. Mas com restrições: precisávamos mais elementos para uma decisão definitiva. Será que os concorrentes poderiam escolher um texto para adaptar? E, se fosse assim, que texto adaptaríamos? Cada um tinha um autor predileto, Rô adorava Jorge Amado, Pedro era vidrado em Graciliano Ramos, Aníbal achava Guimarães Rosa o máximo. Concluímos que de nada adiantavam as nossas especulações. Eu teria de colher mais informações e trazê-las para o grupo.

— Amanhã mesmo faço isso — prometi. — E de noite a gente se encontra aqui para conversar.

Nesse momento as luzes se apagaram; foi uma gritaria geral, todos pensando em blecaute; mas logo surgiu Clécio, carregando um bolo com velas acesas. Veio para a nossa mesa:

— Vamos lá, garoto. Sopre com vontade.

Com um assoprão, apaguei as velinhas. Todos cantaram o "Parabéns a você", todos me abraçaram.

— Você ainda não disse o que quer de aniversário — lembrou Rô.
— O presente que eu quero é o prêmio do concurso — respondi. — E conto com meus amigos para isso.
— Já está no papo — garantiu Rô, e levantou o copo: — Um brinde ao Tato e à sua gloriosa carreira.
Todos brindaram e aplaudiram. Ficamos ali sentados, conversando, falando sobre vídeo e filmes — o assunto que nos apaixonava a todos. Eram duas da manhã quando o Clécio finalmente nos expulsou, dizendo que estava na hora de fechar. Fui para casa, deitei-me. Estava muito cansado, mas, excitado, não podia dormir. Às sete estava acordado, para assombro da família:
— Já de pé a esta hora? — perguntou mamãe. — O que foi que deu em você?
— Você esqueceu? Vou me inscrever no concurso.
Nem quis tomar café: meti uma banana no bolso e saí correndo para a parada de ônibus.

A fundação cultural funcionava numa pequena rua na parte velha da cidade. Era um casarão muito antigo, imponente mas um tanto deteriorado.
Devo dizer que não gostei do lugar. Tinha imaginado um edifício moderno, de arquitetura arrojada, com pessoas de mentalidade aberta. Aquilo provavelmente era um lugar de gente idosa, antiquada — uma impressão que se revelaria, como constatei depois, preconceituosa. De qualquer modo, foi sem muito entusiasmo que entrei no amplo saguão, decorado com vitrais, quadros clássicos e bustos de bronze. Dirigi-me ao homem da recepção, um velhinho que, pela idade, provavelmente estivera na inauguração do prédio:
— Bom dia. Eu queria obter informações sobre o concurso...
O homenzinho não sabia bem do que se tratava:

— Melhor o senhor falar com a dona Margarida, a diretora. Ela está por dentro dessas coisas todas. Entre por aquela porta, por favor.

A dona Margarida era uma senhora de idade, grande e gorda. Usava óculos de elaborada armação e um elegante vestido escuro. Recebeu-me numa sala ampla, com prateleiras cheias de livros encadernados em couro preto:

— Muito bem, o senhor veio se inscrever para o concurso — disse, solene. Estranhei aquele "senhor", mas, enfim, era um tratamento compatível com o pomposo lugar. Tirou da gaveta um formulário:

— Esta é a ficha de inscrição, que o senhor tem de preencher.

Olhou-me, inquisitiva:

— O senhor já conhece o regulamento do concurso?

— Só o que eu li no jornal — respondi.

Ela sorriu:

— Não acha que seria melhor saber exatamente do que se trata, antes de colocar sua assinatura na ficha de inscrição?

Sem esperar resposta, abriu de novo a gaveta, tirou um folheto:

— Aqui está. Sente-se e leia com calma, atentamente.

Comecei a ler, e de imediato um item me chamou a atenção: "O concurso destina-se a selecionar a melhor adaptação, para filme ou vídeo, de uma cena da obra *O Guarani*, de José de Alencar".

Aquilo me deixou meio perplexo. Então não se tratava de tema livre? O cineasta não poderia fazer o filme que quisesse, o vídeo que quisesse? Depois, tratava-se de um trecho, não da obra inteira. Qual trecho?

Adivinhando minha estranheza, dona Margarida sorriu de novo. Um sorriso contido, levemente irônico:

— Talvez lhe interesse saber que este concurso está sendo promovido pelo senhor Armando de Seixas Arruda, proprietário das Casas da Imagem, aquela cadeia de lojas de filmes e vídeos. O senhor Armando de Seixas Arruda é um grande admirador da obra de José de Alencar, principalmente *O Guarani*. Gostaria de vê-la divulgada entre os jovens, e então ocorreu-lhe a ideia de promover um concurso para cineastas iniciantes, como deve ser o seu caso. Uma ideia que a nossa fundação aprovou... trabalhamos muito com gente jovem... e que está ajudando a divulgar. Tudo o que o senhor tem a fazer é escolher uma cena do livro e adaptá-la para filme ou vídeo.

Eu fiquei em silêncio, sem saber o que dizer.

— Então? — perguntou dona Margarida. — O senhor vai participar?

Vacilei um pouco mais e depois — que diabo, seja o que Deus quiser — decidi:

— Vou.

Rapidamente, preenchi a ficha de inscrição. Por que estou fazendo isso, era o que eu me perguntava. Era por causa do prêmio, claro, mas não só por causa do prêmio: eu me sentia inquieto, excitado, como alguém que vai embarcar numa aventura em um país desconhecido.

· 2 ·
De como encontrei
José de Alencar — e ele sobreviveu

Saí e fui para o ponto de ônibus, caminhando por ruas estreitas, de prédios antigos, muitos parecidos com o da fundação. De repente, avistei uma livraria. Ocorreu-me que talvez ali pudesse encontrar *O Guarani*...

O lugar era imenso, e estava cheio de livros. Livros em altíssimas prateleiras, que iam até o teto, de pé-direito muito alto; livros sobre mesas; livros em caixas de papelão; livros empilhados no chão de ladrilhos.

Um homem veio ao meu encontro. Era um senhor de idade, magrinho, cabelos brancos, óculos de lentes grossas, grande bigode:

— Bom dia, meu jovem — disse, cerimonioso. — Em que posso lhe ser útil?

— O senhor tem *O Guarani*, de José de Alencar?

— E como não teria essa grande obra da literatura brasileira? — respondeu o homenzinho, retórico. — O romance que encantou gerações? Eu fecharia esta livraria, se aqui não houvesse pelo menos dez exemplares de *O Guarani*. Com licença.

Desapareceu entre as prateleiras, voltou em seguida com um volume encadernado:

— Aqui está.

Minha primeira reação, confesso, foi de alívio — tratava-se de um livro relativamente fino: duzentas e poucas páginas, contando o índice e a introdução. Verdade que as letras eram pequenas, mas mesmo assim não se tratava de um catatau, de um romanção como aqueles que mamãe lia até altas horas.

Perguntei quanto era. Sim, o preço era razoável, o que, de novo, me pareceu um sinal auspicioso.

— O senhor já conhecia *O Guarani?* — perguntou o livreiro, enquanto tirava a nota.

Eu disse que não. O que era mentira, ou, ao menos, meia mentira: claro, no colégio o professor falara de José de Alencar e de *O Guarani,* e eu até sabia que a história tinha alguma coisa a ver com índio. Optara por não ler a obra, torcendo para que não caísse no vestibular. E não caíra, de fato, o que eu agora até lamentava.

O homenzinho sorriu:

— Garanto que o senhor vai gostar demais. É para algum trabalho de escola?

— Mais ou menos — respondi. Não queria falar muito; afinal, já estava concorrendo ao prêmio, e teria de manter certo segredo.

— Se é para um trabalho, recomendo ler a introdução. Aqui você vai encontrar muitos dados interessantes. Por exemplo: sabe que idade tinha o José de Alencar quando escreveu *O Guarani?* Vinte e oito anos. Jovem, não é?

Riu:

— Pelo menos para mim, que tenho setenta anos. Para você talvez não. Pois é: o José Martiniano de Alencar era de Mecejana, no Ceará. De onde veio a minha família, aliás. Cresci ouvindo falar em Alencar. Era um herói para nós. Se bem que não ficou lá; veio para o Rio de Janeiro, depois estudou direito em São Paulo...

— E aí virou escritor?

— Primeiro trabalhou em jornal. Você vai ver nesse livro: ele tem o pique do jornalista. Aliás, *O Guarani* foi primeiro publicado sob a forma de folhetim.

— Folhetim?

— É, uma história publicada na imprensa, em capítulos diários. Um gênero que estava em moda, no Brasil e no mundo. O Alencar era muito bom nisso: cada capítulo termina com um suspense. Sabia prender a atenção dos leitores. E depois dos eleitores: elegeu-se várias vezes deputado, foi ministro da Justiça, mas acabou brigando com o imperador D. Pedro II e largou a política. Morreu cedo, o coitado. De tuberculose: era a doença daquela época romântica.

Peguei o livro, comecei a folheá-lo. De imediato, tropecei em uma ou duas palavras difíceis; devo ter feito uma cara desanimada, porque o livreiro resolveu dar uma força:

— Leia o livro, rapaz, você vai gostar. Você pode estranhar um pouco a linguagem; afinal, o livro foi escrito no século passado, mas o ritmo da história é fantástico. Esses caras que fazem filme de ação teriam muito a aprender com o José de Alencar.

— O senhor acha mesmo? — Aquela observação teve o mágico poder de despertar o meu interesse. Quem sabe estava diante de uma oportunidade insuspeitada? Quem sabe encontraria, naquele livro de um autor há muito falecido, a história que eu estava esperando para levar à tela?

— Claro que acho. Olhe, li tudo que o Alencar escreveu: *Cinco minutos, A viuvinha, Luciola, Diva, Iracema, As minas de prata, O gaúcho, A pata da gazela, Guerra dos Mascates, O tronco do ipê, Sonhos d'ouro, Til, Alfarrábios, Ubirajara, Senhora, O sertanejo, Encarnação...* será que esqueci algum? Acho que não. Mas como ia lhe dizendo: li todos os romances dele e acho que é um grande escritor. E um grande escritor brasileiro, o que é importante. Um inovador...

— E no que ele inovou?

— Quando começou a escrever, o Brasil vivia sob a influência da cultura europeia, apesar de já estar independente de Portugal. Bom era o escritor português, o escritor francês. Índio na literatura? Isso era novidade, e Alencar até se meteu numa polêmica a respeito.

A conversa lhe dava prazer, ele puxou duas cadeiras: sentou-se, pediu que eu me sentasse também.

— A coisa foi assim: um contemporâneo dele, Gonçalves de Magalhães, tinha escrito um longo poema chamado *A Confederação dos Tamoios*.

— Contra os índios, decerto...

— Ao contrário: a favor. Àquela altura da nossa História já dava para começar a reabilitação dos índios. O imperador D.Pedro II ficou tão entusiasmado que mandou editar o poema à custa do governo. O que deixou o Alencar muito irritado. Escrevendo no jornal... sob pseudônimo, como era costume na época... ele baixou a lenha nos tamoios do poeta. Disse que aquilo não era índio brasileiro coisa nenhuma, que aqueles índios poderiam morar na China ou na Europa que não faria a menor diferença...

— Será que não estava mordido com o sucesso do outro?

— Talvez. Mas com esse ataque o Alencar tinha colocado uma questão: se o Gonçalves de Magalhães não tinha tratado com dignidade o tema do índio, quem o faria? "Eu", foi sua resposta.

— Modesto, ele...

— Bem, modesto não precisava ser, provavelmente conhecia sua própria capacidade. Meteu mãos à obra e produziu *O Guarani,* que os leitores adoraram. Tinha todos os ingredientes para agradar: paixão, mistério, intriga, ação, suspense. E era literatura brasileira, feita para o público brasileiro. Mas é um autor do século passado, dirá você, e eu responderei: sim, é literatura do século XIX, mas há coisas que não mudam. O pessoal não lê a Bíblia até hoje, não vê as peças de Shakespeare? São obras que falam da natureza humana, e esta basicamente é a mesma. As pessoas do século passado também amavam, também sofriam, também lutavam pela vida.

Riu:

— Mas já estou aqui a fazer discursos. Minha mulher tem razão: "Você tem de vender livros", ela diz, "não doutrinar os clientes". Só que não resisto à tentação. E quando se trata de José de Alencar, então, posso falar um dia inteiro. Mas não quero influenciar você. Leia o livro e conclua sozinho. Estou aqui à sua disposição. Se quiser saber mais sobre o assunto, me procure. Como você viu, adoro bater papo sobre literatura.

Um freguês entrava. Agradeci, despedi-me e saí.

Cheguei em casa, entrei no meu quarto, depositei o livro sobre a mesa. Durante longo tempo fiquei sentado a olhá-lo. Mas não ousava abri-lo; intimidava-me, *O Guarani*. Finalmente, irritado — que diabo, é só um livro, não vai me morder —, peguei-o, abri-o no início. Eis o que li:

"De um dos cabeços da Serra dos Órgãos desliza um fio de água que se dirige para o norte, e engrossado com os mananciais que recebe no curso de dez léguas, torna-se rio caudal.

É o Paquequer; saltando de cascata em cascata, enroscando-se como uma serpente, vai depois se espreguiçar na várzea e embeber no Paraíba, que rola majestosamente em seu vasto leito. Dir-se-ia que, vassalo e tributário desse rei das águas, o pequeno rio, altivo e sobranceiro contra os rochedos, curva-se humildemente aos pés do suserano. Perde então a beleza selvática; suas ondas são calmas e serenas como as de um lago, e não se revoltam contra os barcos e as canoas que resvalam sobre elas: escravo submisso, sofre o látego do senhor.

Não é nesse lugar que ele deve ser visto; sim três ou quatro léguas acima de sua foz, onde é livre ainda, como o filho indômito dessa pátria de liberdade.

Aí, o Paquequer lança-se rápido sobre o seu leito, e atravessa as florestas como o tapir, espumando, deixando o pelo esparso pelas pontas do rochedo e enchendo a solidão com o estampido de sua carreira. De repente, falta-lhe o espaço, foge-lhe a terra; o soberbo rio recua um momento para concentrar as suas forças e precipita-se de um só arremesso, como o tigre sobre a presa.

Depois, fatigado do esforço supremo, se estende sobre a terra, e adormece numa linda bacia que a natureza formou, e onde o recebe como em leito de noiva, sob as cortinas de trepadeiras e flores agrestes.

A vegetação nessas paragens ostentava outrora todo o seu luxo e vigor; florestas virgens se estendiam ao longo das margens do rio, que corria no meio das arcarias de verdura e dos capitéis formados pelos leques das palmeiras. Tudo era grande e pomposo no cenário que a natureza, sublime artista, tinha decorado para os dramas majestosos dos elementos, em que o homem é apenas um simples comparsa".

Fechei o livro. Meio confuso, confesso. De um lado, me sentia esmagado por aquela torrente de palavras complicadas e metáforas idem... "arcarias de verdura" e "leques das palmeiras", por exemplo. Por outro lado, o texto me impressionava: como o rio ali descrito, ele fluía, ora caudaloso, ora tranquilo. Agora: aonde nos levaria aquele rio? Que história aquele preâmbulo antecipava? Uma incógnita, e também um desafio. Que já começava a me mobilizar. E também a me inquietar.

Cansado, tirei a roupa, deitei, e acabei adormecendo. Sonhei que estava na clareira de uma floresta, sozinho, com a câmera na mão. Por entre os galhos, olhos me espiavam: os índios, preparando-se para o ataque. Queria gritar, me acudam, me tirem, me salvem, eles vão me matar — mas era inútil, a voz não me saía da garganta. Acordei sobressaltado: alguém me sacudia. Era papai:

— Você dormiu todo o dia, cara?

Olhei pela janela: estava anoitecendo. Tinha, sim, dormido todo o dia.

— Se o futuro do cinema brasileiro dependesse da hora que você acorda — disse Teresa, entrando — os espectadores teriam de esperar muito tempo para ver um filme.

Teresa não perdoava preguiça. Porque era uma batalhadora, ela: formada em filosofia, ganhava a vida trabalhando num escritório, e depois ficava lendo e escrevendo até de madrugada. De modo que aceitei a crítica e me levantei.

Mamãe entrou, viu *O Guarani* sobre a cama:

— Não posso acreditar! Meu filho Tato lendo um clássico da literatura brasileira! Gente, sinto-me realizada!

— Que invasão é esta no meu quarto? — protestei. — Vocês vieram aqui para me encher o saco? Saiam, saiam. Tenho de me vestir.

— Mas você nem jantou! — Mamãe estava sempre insistindo para que eu comesse, achava-me magro demais.

— Não dá tempo. Tenho de encontrar a turma.

— A turma, a turma. — Agora era a vez de papai entrar na dança: — Se você desse a mesma atenção aos estudos que dá a essa sua turma, suas notas seriam melhores.

— Ah, papai, dê um tempo. Você sabe que meus amigos são gente boa.

— Sei. — Ele sorriu. — Estou brincando com você. Gosto deles. Só não me agrada você voltar de madrugada. Assim como que não me agrada ver você dormir o dia inteiro.

Expulsei-os do quarto, vesti-me rapidamente e fui direto para o bar do Clécio.

* * *

Ninguém gostou do edital do concurso.

— Pensei que eles iam dar uma chance para a gente criar uma coisa nova — disse Pedro. — Se queriam uma obra pronta, por que não a encomendaram de alguém? Para que concurso, afinal?

Aníbal pegou o livro, abriu-o ao acaso:

— Ouçam só isto: *"No ano da graça de 1604, o lugar que acabamos de descrever estava deserto e inculto; a cidade do Rio de Janeiro tinha-se fundado havia menos de meio século..."*

Voltou-se para mim:

— Ano da graça de 1604, Tato! Ano da desgraça, isso sim! Onde é que a gente vai arranjar roupas daquela época?

— Há quem alugue, não deve sair muito caro. — Àquela altura eu já estava irritado. — Escutem: vocês querem entrar no concurso ou não querem? Se não querem, vamos acabar logo com esta conversa. Se querem, é fazer o que tem de ser feito e pronto. É topar ou largar.

Olhei-os, desafiador:

— Então?

Pedro e Aníbal me olhavam, quietos, impressionados com aquela explosão. Rô veio em minha defesa:

— Pelo amor de Deus, pessoal. O que é isso? Não era a chance que a gente estava esperando? Vamos lá, vamos fazer esse filme. O pior que pode acontecer é a gente aprender alguma coisa. Que diabos, esse livro não pode ser um bicho de sete cabeças. Alguma experiência a gente já tem, dos curtas. Agora é só...

— Não é a mesma coisa — disse Aníbal num tom irritado (irritação era uma constante nele, desde que Rô terminara o namoro). — É uma obra de época, numa linguagem que a gente não conhece.

— Mas a Rô tem razão — concedeu Pedro. — Pelo menos temos de tentar.

Voto vencido, Aníbal calou-se. Ansioso por encerrar aquela desagradável discussão, fiz uma proposta:

— Para começar, cada um de nós vai ler o livro. Cada um indica as cenas mais fáceis de adaptar. E aí, em conjunto, escolhemos uma dessas cenas, e fazemos um roteiro. Depois vem o resto, a distribuição de papéis, os figurinos, as locações.

— Espere um momento — disse Pedro. — Quem é que faz esse tal de roteiro?

Aí surgiu um impasse. Aníbal, que gostava muito de ler e já tinha feito adaptações de contos para teatro amador, julgava-se o candidato natural. Mas eu também queria fazer o roteiro, assim como Pedro. Rô veio com uma proposta conciliatória, que resolveu a questão:

— Vamos fazer esse roteiro a várias mãos. Será uma criação coletiva.

— Grande ideia — apoiou Pedro. Ergueu o copo: — Brindo à nossa vitória!

Clécio, que do balcão ouvia o nosso papo, ergueu o copo também:

— Quando receberem o Oscar, não deixem de me avisar. Vou colocar uma placa aí na entrada: "Eles começaram aqui".

A risada foi geral. Eu agora me sentia animado: *O Guarani* começava a deslanchar. E um sonho que tive aquela noite de certa forma o confirmou. Eu via Alencar, igualzinho ao retrato do livro (e de onde mais eu o conheceria?) sorrindo aprovadoramente do meio da floresta. E depois já não era o Alencar, era o meu avô... Uma coisa meio confusa. Mas acordei animado: se sonhara com o autor de *O Guarani,* era porque realmente estava interessado na obra.

Vesti-me, e estava pronto para começar a trabalhar, mas então mamãe me incumbiu de uma missão:

— Preciso que você vá à casa de sua tia levar umas roupas que prometi a ela.

Habitualmente aceitava essas tarefas sem reclamar, mas naquele dia estava atrapalhado:

— Pô, mamãe. A tia mora longe pra burro, e eu estou às voltas com *O Guarani*, não posso perder tempo. Não tem outro jeito de mandar pra ela essas tais de roupas?

— Não tem, não. — Arrumando a casa, ela nem tinha tempo de discutir. — E vá de uma vez, que ela precisa disto para hoje à tarde.

Chegar à casa da minha tia Amélia, num subúrbio distante, meio mato, era uma viagem, precisava tomar dois ônibus. Mas eu não podia recusar. Tinha obrigação de ajudar meus pais, que davam um duro desgraçado e raramente me pediam para fazer algo. Além disso, ocorreu-me um pensamento interesseiro. Bem podia ser que minha tia, como costumava fazer, me desse uma grana como presente de aniversário. Ajudaria na filmagem: não teríamos necessidade de muito dinheiro, claro, mas sempre haveria despesa com roupas, maquiagem, transporte.

Duas horas depois cheguei à casa de minha tia. Toquei a campainha, ela mesma me abriu:

— Ora viva, a que devo a honra da visita? Há quanto tempo, Tato!

Aos quarenta e dois anos, divorciada, com um filho cursando a universidade, titia era o que se poderia chamar de coroa enxuta: magra, elegante, rosto enérgico mas simpático. Papai tinha muita admiração por essa irmã que lutava arduamente pela vida — era corretora de imóveis — mas que não se entregava; embora morando praticamente sozinha, pois o filho estudava em outra cidade. Fazia questão de, como ela dizia, preservar sua individualidade.

Fez-me entrar e sentar, ofereceu-me café e biscoitos. Enquanto eu comia, ela não cessava de me observar:

— Mas você está um homem, Tato! Cada vez que o vejo não deixo de me admirar. Quando penso naquele garotinho que carreguei nos braços...

Franziu a testa:

— Mas você não está escutando. Parece meio distraído. O que houve?

— Desculpe, titia. — Contei do concurso e das dificuldades que temia encontrar. E aí, lembrando que ela gostava de ler, ocorreu-me perguntar se tinha alguma sugestão quanto à cena de *O Guarani* a ser adaptada.

Ela refletiu um pouco:

— Hum... Sim, posso ajudar você, Tato, mas há alguém que pode fazer isso muito melhor do que eu.

— Quem?

— O meu vizinho, o Severo. Pessoa ótima, grande amigo meu. É um apaixonado pelo José de Alencar, conhece toda sua obra. Gosta tanto de *O Guarani* que construiu uma casa seguindo quase exatamente uma descrição do livro. Vem gente de longe para ver essa casa. Vá lá, diga que eu pedi para ele ajudá-lo. Eu estou aguardando um telefonema, em seguida vou também.

Despedi-me e saí. Seguindo as indicações de minha tia, fui caminhando por uma rua calçada com pedra irregular, que serpenteava morro acima. E de repente meu coração quase parou.

Eu estava diante da casa de Severo. Uma casa muito grande, maior que qualquer outra das casas da rua. E que, apesar de relativamente nova, parecia antiga, muito antiga, como se tivesse sido trazida do passado por algum passe de mágica.

No gramado, em frente à residência, havia, coisa insólita, um busto em bronze: um homem de barba, com sobrecasaca e gravata de fita. Numa placa, a inscrição: "José de Alencar, 1829-1877". Nada mais apropriado. O que eu estava vendo correspondia à descrição da casa de D. Antônio de Mariz que naquela mesma noite eu leria em *O Guarani*: *"... uma casa larga e espaçosa, construída sobre uma eminência e protegida de todos os lados por uma muralha de rocha cortada a pique"*, assentada sobre uma esplanada, da qual descia uma *"espécie de escada de lajedo, feita metade pela natureza e metade pela arte... uma ponte de madeira solidamente construída sobre uma fenda larga e profunda que se abria na rocha. Continuando a descer, chegava-se à beira do rio"*. Tudo estava ali: a esplanada, a escada de pedra, a pontezinha, e até o rio... na verdade, um riacho, mas de águas límpidas, preservadas da poluição.

Atravessei o gramado, cheguei ao vestíbulo de entrada. Não havia campainha, e sim uma espécie de sino, tão antigo quanto o busto de bronze, ou mais. Toquei. Nada. Toquei de novo. Lá de dentro veio ruído de passos, e logo depois a porta, decerto igual à *"pesada porta de jacarandá"*, de Alencar, abriu-se.

Quem estava diante de mim era uma garota de seus dezesseis, dezessete anos. Linda, ela. Muito linda. Grandes olhos azuis, boca bem desenhada, longos cabelos castanhos. Eu a mirava deslumbrado, ela me fitava curiosa: talvez lhe parecesse estranho aquele cara magro, de óculos, jeito de intelectual.

— Queria alguma coisa? — perguntou.

Ainda sob o impacto daquela visão maravilhosa, custei a me recuperar. Finalmente consegui esboçar um sorriso.

— Desculpe... Eu sou sobrinho da Amélia, sua vizinha que mora ali embaixo... Sabe quem é?

— A Amélia? Claro que sei quem é. A Amélia vive aqui em casa, nós nos adoramos. Mas você eu não conhecia.

— É que... Eu pouco venho aqui... Mas hoje vim fazer uma visita, e aí comecei a bater um papo com a minha tia... Sobre um vídeo que nós vamos fazer...

Todo atrapalhado, contei a história do concurso.
— Minha tia disse que seu pai poderia ajudar...
— Claro que pode — garantiu ela. — De *O Guarani,* meu pai sabe tudo. A propósito, eu me chamo Cecília. De novo: é uma homenagem àquela personagem do Alencar. E você é o...
— Renato. Todo mundo me chama de Tato.
— Ah, sim. Agora lembro, sua tia falou de você. Você é aquele que tem mania de cinema, não é? Mas entre, entre.

Não me fiz de rogado: entrei. E de imediato dei-me conta de que a semelhança da casa com a de D. Antônio de Mariz ia além da aparência externa. Seguramente a decoração também se baseava em descrições de Alencar. Na sala da frente, a principal, havia dois retratos a óleo, o primeiro de um homem idoso, com postura de fidalgo, o segundo de uma dama, também idosa. Sobre a porta do centro, um brasão de armas de complicado desenho, com um leão pintado em azul. Havia um largo reposteiro vermelho, e por trás dele uma porta. Mobília austera: cadeiras de couro de espaldar alto, mesa de jacarandá de pés torneados, uma lâmpada de prata suspensa do teto.

— Parece um museu, não é verdade? — Cecília, com ar de deboche. — É o que todo mundo diz. A nós não importa. A verdade é que gostamos daqui, meu pai e eu. O nome dele, a propósito, é Severo.

— Só vocês moram aqui?

— Só nós. Minha mãe morreu quando eu era pequena... E meu pai não quis casar de novo.

A essa altura eu já estava imaginando o dono da casa como um fidalgo daqueles que tinham vindo ao Brasil com Mem de Sá e que, apesar de viverem longe de Portugal, mantinham a tradição aristocrática nas suas propriedades rurais.

Mas eu estava enganado. Não parecia um fidalgo português da época colonial, o pai de Cecília, naquele momento assomando à porta. Homem alto, queimado de sol, com uma bela barba branca, tinha, sim, um porte algo aristocrático, mas a roupa era simples, camiseta de algodão, jeans e tênis. Parecia simpático e amistoso, mas mesmo assim eu me sentia meio intruso ali. Notando-o, Cecília apressou-se a me apresentar:

— Este aqui é o Tato, papai, o sobrinho da Amélia.

— Muito prazer — disse ele. — E bem-vindo a esta casa. Eu sou o Severo.

Sorriu:

— Mas Severo só de nome. No fundo, sou boa gente.

— O Tato — continuou Cecília — é vidrado em cinema. Estava me contando que quer produzir um vídeo. Adivinhe qual o tema.

Severo olhou-nos, surpreso:

— Não faço a menor ideia.

— Pois é sobre *O Guarani*. Ele entrou num concurso. Tem de escolher uma cena do livro e dramatizar. Ele disse que a nossa casa é o cenário ideal, e eu também acho. Então? Você dá licença?

Achei que Cecília tinha introduzido a coisa de forma demasiado abrupta. De repente aparecia um rapaz praticamente desconhecido dizendo que queria rodar um vídeo na casa. Adulto algum aceitaria tal proposta. Preparei-me, pois, para o pior, para uma resposta seca, tipo: "Vídeo aqui de jeito nenhum, que ideia mais estranha". Mas Severo era, como logo descobri, um homem paciente e amável, ainda que melancólico; e o fato de que a filha tivesse simpatizado comigo era para ele fundamental.

— Por que não? — disse, com um ar que me pareceu mais resignado do que alegre. — Desde que não façam muita bagunça, tudo bem. E eu posso até auxiliar em alguma coisa. Meu único problema é a falta de tempo...

Advogado de uma grande empresa, era um homem muito ocupado. Mas, depois de pensar um pouco, lembrou:

— A partir de sábado, e até o fim da semana do Carnaval, estou de férias. Planejava descansar um pouco, botar a leitura em dia, ouvir música... mas, se a minha filha pede, abro mão do repouso. Se vocês conseguirem terminar nesse período...

— Conseguiremos — garanti. — Tenho certeza de que conseguiremos.

De onde eu tirava tal segurança, não sei. O fato é que não queria perder aquela oportunidade preciosa. Além disto, precisávamos mesmo correr, porque o prazo era curto.

Severo também não era de perder tempo. De imediato, pediu que contasse sobre o projeto. Sem me fazer de rogado — àquela altura já tinha perdido a inibição — falei do concurso, do regulamento. Ele perguntou se já tínhamos o roteiro. Fui obrigado a confessar que nem sequer conhecíamos direito a obra de Alencar.

— Isso vocês deixam com o papai — disse Cecília. — Ele sabe tudo sobre o José de Alencar, leu todos os livros dele.

— Precisamos — acrescentei — que você nos introduza a *O Guarani*. Que nos guie, nos diga o que é mais importante. Que esclareça as dúvidas...

— Ou seja: vocês querem um curso completo sobre o assunto — ele disse, brincalhão. — Bem, farei o que for possível.

Que ele gostara da ideia, era óbvio. Mas também — e isso descobri depois — pensava na filha: Cecília passava, naquele momento, por uma fase difícil. Deixara os estudos, para dar um tempo, segundo dizia, envolvera-se com um pessoal barra-pesada. Seria bom para ela, achava o pai, ter contato com um grupo diferente, jovem, mas sério. Não me conhecia, é verdade, mas conhecia a Amélia, o que para ele era referência suficiente. Daí a sua aprovação à ideia.

— Mas a tarefa principal — disse — vai ser de vocês. Presumo que tenham experiência em adaptar livros para o vídeo...

O que me deixou numa situação difícil. Como é que eu ia confessar que recém tinha ganho uma câmera e jamais tinha transposto uma história para a tela, muito menos uma história como *O Guarani?* Felizmente, fui salvo pelo gongo: a porta se abriu, e era a minha tia, que vinha atrás do sobrinho.

(Detalhe curioso: o sino não havia soado. Pela simples razão de que tia Amélia entrara direto, tinha a chave da casa. No momento, o detalhe me passou despercebido, mas era, como descobriria depois, muito significativo.)

Foi entrando, com a exuberância de sempre:

— Como é, Severo? Vai ajudar o meu sobrinho Tato?

— Claro que vou. Ele acaba de me recrutar para o projeto dele. Acabo de me tornar consultor histórico do projeto.

Eu ainda tinha muito a fazer. Combinamos um encontro para o sábado; despedi-me e voltei para casa. Tratei logo de telefonar aos meus amigos, anunciando a boa nova: em matéria de Alencar, já tínhamos o nosso guru. Todos gostaram da notícia. Menos Aníbal:

— Era para ser um trabalho só do nosso grupo, Tato — reclamou. — Agora vem você e bota gente de fora na jogada, sem nos consultar. Não foi uma boa. Não foi mesmo.

Acabei por convencê-lo de que se tratava de uma ajuda oportuna.

— O Severo nos fala do livro, e assim ganhamos tempo. E tem mais: a casa dele é o cenário perfeito para o vídeo, você vai ver.

Dei-lhe o endereço e acrescentei:

— Sábado de manhã nos encontramos lá. E aí começamos.

· 3 ·

De como encontramos os personagens de *O Guarani*

A semana passou voando. Eu precisava aprender logo a manejar a nova câmera, e tive várias aulas com o Artur, um cara com alguma experiência e muita paciência que se dispôs a me ensinar as coisas fundamentais. Perdi o contato com a turma naqueles dias, mas no sábado, quando cheguei à casa de Severo, encontrei a todos, Aníbal, Rô, Pedro, e eu — mais a Cecília, a minha tia Amélia, sem falar, claro, no próprio Severo, que nos esperava com o livro e com um bloco de anotações. Feitas as apresentações, sentamo-nos na ampla sala da casa. Antes que Severo começasse, achei que devia agradecer a sua atenção. Acabei fazendo um pequeno, mas emocionado, discurso:

— Não sei se chegaremos a ganhar o concurso, Severo. Mas vamos fazer tudo para merecer a confiança que você e muitas outras pessoas estão depositando em nós. — Aplausos, assobios. Já ganhou, já ganhou, bradava Pedro.

Pedi silêncio:

— Agora vamos ao trabalho. Severo vai nos falar um pouco sobre *O Guarani*.

Livro na mão, Severo começou:

— Bem, pessoal, vamos ver se consigo ajudar vocês. Essa obra que vão encenar, sob a direção do nosso cineasta Tato... Risinhos irônicos de Rô, Pedro e Aníbal. Mas Severo já continuava:

— Essa obra, eu dizia, é da maior importância na história do nosso país. José de Alencar era um escritor de grande imaginação e estava empenhado em fazer literatura brasileira, isto numa época em que a cultura brasileira era muito influenciada pela Europa. Ele mesmo era um admirador da literatura francesa; à noite, na casa de seu pai, o senador Alencar, lia para a mãe e as irmãs romances que naquela época eram famosos. Pode ser até que daí tenha vindo a vocação dele. Mas *O Guarani* não é inteiramente ficção; Alencar fez uma pesquisa muito cuidadosa em registros históricos. Assim, o D. Antônio de Mariz é um personagem real, o filho dele também. O romance, que é dividido em capítulos curtos... não esqueçam que foi publicado primeiro em jornal... começa falando de uma paisagem brasileira, na região da serra dos Órgãos. Ali fica a casa de D. Antônio... o modelo para esta casa onde estamos.

— O fantasma do Alencar não anda por aqui, anda? — perguntou Pedro.

— Que eu saiba, não — disse Severo. — Mas seria bem-vindo... Continuando: somos apresentados à família: a esposa, dona Lauriana, o filho D. Diogo de Mariz, que, diz Alencar, gastava o tempo em correrias e caçadas, a filha, Cecília... o nome dela inspirou o nome da minha filha... e que o autor descreve como *"a deusa desse pequeno mundo"*, uma jovem de dezoito anos, de *"gênio travesso e mimosa faceirice"*.

— Temos de reconhecer — disse Aníbal — que a Cecília real é ainda mais bela que a Cecília da ficção.

Cecília agradeceu com uma mesura, mas Rô, a quem Aníbal evidentemente queria causar ciúmes, fingiu não ter ouvido.

— Há mais personagens: o jovem D. Álvaro de Sá, cavaleiro da confiança de D. Antônio, o escudeiro Aires Gomes, a quem compete o lado cômico; Alencar sabia que uma história tem de ter seus tipos engraçados. Depois temos o que o autor chama de aventureiros, *"homens ousados, destemidos... espécie de guerrilheiros, soldados e selvagens ao mesmo tempo"*. A estes aventureiros cabia defender a casa e também levar produtos para serem vendidos no Rio de Janeiro. Entre eles, um nome se destaca: é o sinistro Loredano, que vai fazer o papel de bandido. Loredano tem dois cúmplices, Bento Simões e Rui Soeiro; observem como esse nome é parecido com "traiçoeiro". Além disto existem os índios. O índio bom, que é Peri, e os índios maus, que são os goitacás... na verdade, não chegam a ser exatamente maus, querem se vingar dos brancos. Para Alencar, os índios representam o ser humano em estado natural, primitivo... e autêntico. Agora: o Peri é realmente o herói do livro, que por isso se chama, justamente, *O Guarani*.

Pedro, que, como nós, ouvia atentamente, mexeu-se na cadeira, inquieto:

— Mas aqui já temos um problema. Se for preciso gravar uma cena com o Peri... e é provável, já que se trata do herói, o cara que dá título ao livro... onde arranjaremos um índio, ou alguém parecido com índio?

Pergunta inquietante, mas pertinente. A rigor, os únicos atores disponíveis, ao menos no momento, éramos nós. E para guarani ninguém servia: o Pedro era loiro, eu também, o Aníbal meio ruivo, e com umas sardas ainda por cima.

— Vamos deixar a questão para depois — sugeri. — Por enquanto, acho que a gente deve se concentrar na história.

Severo continuou:

— Descrito o cenário e alguns personagens, o Alencar entra de imediato na história. Uma bandeira, uma expedição composta por uns quinze cavaleiros, vem vindo da cidade de

São Sebastião do Rio de Janeiro, pela margem direita do Paraíba. São os aventureiros mencionados antes. Comanda-os um jovem cavaleiro, que goza da confiança de D. Antônio: D. Álvaro de Sá. Com pressa de chegar, está ansioso por ver a bela Cecília, com quem está comprometido, D. Álvaro pede para o pessoal andar mais ligeiro. Ao que o safado Loredano responde com uma série de ironias. Sabe que Álvaro comprou uma joia para Cecília; sabe que ele quer chegar antes das seis horas de sábado, hora em que a família estará reunida para a prece. E sabendo disso tudo, faz insinuações maldosas que acabam irritando o rapaz. Trava-se um áspero diálogo...

Interrompeu-se:

— Tive uma ideia. Quem sabe a gente já começa a dramatizar o texto? Vocês dois — apontou para Aníbal e para mim — vão me ajudar, lendo um trecho desse diálogo. Comecem aqui.

Começamos a ler, eu como D. Álvaro, Aníbal fazendo as vezes do Loredano:

"— *Ora, Deus, senhor Loredano: estais aí a falar-me na ponta dos beiços e com meias palavras; à fé de cavalheiro que não vos entendo.*

— *Assim deve ser. Diz a escritura que não há pior surdo que aquele que não quer ouvir.*

— *Oh! Temos anexim! Aposto que aprendeste isto agora em São Sebastião: foi alguma beata ou algum licenciado em cânones que vô-lo ensinou?*

— *Nem um nem outro, senhor cavalheiro: foi um fanqueiro da rua dos Mercadores, que por sinal também me mostrou custosos brocados e lindas arrecadas de pérolas, bem próprias para o mimo de um gentil cavalheiro à sua dama. Não entrastes por acaso na loja desse fanqueiro de que vos falei, senhor cavalheiro?*"

— Gente, que linguagem complicada — espantou-se Rô.
— Anexim, o que é isso? E fanqueiro? Nunca ouvi esses termos.
— É a linguagem da época — retrucou Cecília. — Ou você queria que eles usassem gíria carioca?
— Só estou dizendo — Rô, meio irritada; pelo jeito, as duas haviam se estranhado desde o início — que vai ser difícil para o público entender.

Prevendo que aquela discussão poderia terminar mal, resolvi intervir:
— Calma, meninas. Depois a gente discute a linguagem. Quem sabe avançamos um pouco mais no livro?

Severo, que, diferente de mim, estava achando graça no bate-boca, sacudiu a cabeça e anunciou:
— No quarto capítulo, "A caçada", aparece o herói, o índio Peri.

· 4 ·
De como Peri mata a onça — e conquista de imediato a nossa admiração

— Chegando a uma clareira — continuou Severo — o grupo liderado por D. Álvaro encontra um jovem índio. Olhem só como o Alencar o descreve: *"A sua pele, cor de cobre, brilhava com reflexos dourados; os cabelos pretos cortados rentes, a tez lisa, os olhos grandes com os cantos exteriores erguidos para a fronte; a pupila negra, móbil, cintilante; a boca forte mas bem modelada e guarnecida de dentes alvos, davam ao rosto pouco oval a beleza inculta da graça, da força e da inteligência".*

— Mas esse Alencar realmente admirava os índios — comentei.

— Verdade. Pelo menos os índios de épocas anteriores à sua. Faz questão de dizer que a descrição do Peri se baseava em relatos antigos, do tempo, segundo palavras dele, da *"raça indígena em todo o seu vigor, e não degenerada como se tornou depois".* Voltando à narrativa: diante de Peri está uma onça enorme. Mas o índio não está assustado; tanto que, quando Loredano prepara o arcabuz, ele não deixa atirar: quer capturar o bicho vivo. Para isso conta apenas com uma forquilha, que vai usar com surpreendente habilidade no momento do ataque. Conta Alencar:

"O índio havia dobrado um pouco os joelhos, e segurava na esquerda a longa forquilha, sua única defesa; os olhos sempre fixos magnetizavam o animal. No momento em que o tigre se lançara, curvou-se ainda mais; e fugindo com o corpo apresentou o gancho. A fera, caindo com a força do peso e a ligeireza do pulo, sentiu o forcado cerrar-lhe o colo e vacilou.

Então o selvagem distendeu-se com a flexibilidade da cascavel ao lançar o bote; fincando os pés e as costas no tronco, arremessou-se e foi cair sobre o ventre da onça que, subjugada, prostrada de costas, com a cabeça presa ao chão pelo gancho, debatia-se contra o seu vencedor, procurando debalde alcançá-lo com as garras.

Esta luta durou minutos; o índio, com os pés apoiados fortemente nas pernas da onça e o corpo inclinado sobre a forquilha, mantinha assim imóvel a fera, que há pouco corria a mata não encontrando obstáculos à sua passagem".

Peri amarra a onça... e a coisa está feita.

Nós ouvíamos, impressionados, e preocupados. Se todas as cenas fossem como aquela, teríamos muita dificuldade em dramatizá-las. Onça viva, ou mesmo empalhada, onde arranjaríamos? Teríamos de prestar muita atenção à narrativa para encontrar uma cena que fosse mais facilmente transposta para o vídeo.

— Peri — prosseguiu Severo — atendia ao desejo de Cecília, que manifestara a vontade de ter uma onça viva. Brincadeira, claro, mas para o índio, o pedido da moça não era brincadeira: era uma ordem, que estava cumprindo. Bem. Enquanto ele está às voltas com a fera, Cecília e a prima Isabel conversam no jardim da casa. Cecília, para Alencar, é a própria imagem da beleza: grandes olhos azuis, lábios vermelhos como a flor da gardênia, tez pura e alva, longos cabelos loiros. Aliás, este capítulo chama-se justamente "Loura e morena"; morena é a Isabel, um *"tipo brasileiro em toda a sua graça e formosura, com o encantador contraste de languidez e malícia, de indolência e vivacidade".*

— Ou seja: o Alencar prefere as loiras — disse Rô, que evidentemente não estava gostando da contraposição que Alencar fazia entre as duas figuras femininas. — Ele e Hollywood.

— Verdade — disse Severo. — Isabel é bela, mas tem os lábios "desdenhosos", o sorriso "provocador", com um "poder de sedução irresistível". Alencar diz que, ao mirar a linda prima, "uma sombra imperceptível, talvez de despeito" passa pela face de Isabel. Em suma: a moça é bonita, mas complicada. Quanto a Cecília, está aflita porque não viu Peri o dia todo. Voltou talvez para a gente dele, diz Isabel: *"Trata-se de um selvagem com a pele escura e o sangue vermelho. Tua mãe não diz que um índio é um animal como um cavalo ou um cão?"*

— Bota preconceito aí — comentou Pedro.

— Não é exatamente preconceito — disse Severo. — Na verdade, há uma certa autoironia nesta frase, certa amargura. Por quê? Porque a Isabel é filha de mãe índia. Ela se compara com a outra e se sente inferiorizada, a pele escura fazendo contraste com a pele clara. Como ela mesma diz: *"O teu bom coração não olha a cor do rosto para conhecer a alma. Mas os outros?... Cuidas que não percebo o desdém com que me tratam? Nesta casa só tu me amas, os mais me desprezam".* A Cecília ainda tenta consolá-la: *"Eu te amarei por todos",* garante, pedindo à prima que a considere irmã. Anuncia que pediu a Álvaro para trazer um colar de pérolas para Isabel: *"Devem ir-te bem as pérolas, com tuas faces cor de jambo! Sabes que eu tenho inveja do teu moreninho, prima?"*

Mas a triste Isabel não se sente indenizada: *"Eu daria a minha vida para ter a tua alvura, Cecília".*
— Viu? — Rô, triunfante. — "Eu daria a minha vida para ter a tua alvura." A pobre Isabel acabou incorporando o desprezo do branco. Isso é a pior expressão do preconceito.
— Você acha, querida? — Cecília, desdenhosa. — Mas se o Peri, um índio, está pintando como o herói, onde está o tal preconceito?

Rô ia dar uma resposta qualquer, mas aí eu resolvi intervir, em parte porque queria acabar com aquele bate-boca, em parte porque havia uma questão me inquietando:

— Escuta aqui, gente: o Severo já nos explicou o plano geral do livro, já contou os primeiros capítulos. Mas será que nós não temos de fazer a nossa parte na tarefa? Acho que todos aqui devem ler o livro, acompanhando este resumo que está sendo feito. Mais: escrevam as suas dúvidas, as suas observações, suas sugestões para o roteiro.

— E há outras providências — observou Pedro. — Por exemplo, precisamos definir o elenco. Eu acho que todos nós somos candidatos a atores e atrizes.

— Nem todos — ponderou Rô. — Afinal, se vamos gravar uma cena, talvez não seja preciso que todo mundo entre.

— Mas então vamos combinar o seguinte: dependendo da cena que escolhermos, qualquer um de nós pode ter de desempenhar um papel.

— Eu também? — perguntou Cecília.
— Você quer?
— Claro que quero.

Não me passou despercebido o ar de contrariedade de Rô — enquanto Aníbal, ao contrário, apressava-se a apoiá-la:

— A Cecília leva jeito de grande atriz. Acho que ainda vamos vê-la nas telas.

— E você leva jeito de grande bajulador — disse ela, obviamente envaidecida.

Mas o nosso problema não estava resolvido. Tínhamos gente para alguns papéis, não para todos. Por exemplo: se D. Antônio tivesse de aparecer, como faríamos? Criei coragem e perguntei ao dono da casa:

— Escute, Severo: podemos contar com você para o papel de D. Antônio?

— Eu? Eu, ator? — Ele sorria, divertido. — A única vez que representei foi na faculdade. Foi um desastre, posso garantir para vocês. Agora, se quiserem correr o risco... Para mim será até divertido.

— E eu? — Era a tia Amélia, que acabava de entrar, e ouvira a conversa. — Eu também fiz teatro no colégio. O meu sobrinho não terá um contrato milionário para sua dedicada tia?

— Vamos aproveitar sua experiência — garanti. — Mas isso não dispensa você de uma outra obrigação: você está encarregada do abastecimento, titia. Sanduíches, café... é tudo com você.

— Estes artistas são mesmo exploradores — riu ela. — Mas está bem, contem comigo.

Aproveitamos o embalo e distribuímos as outras tarefas. Pedro se encarregaria da produção como um todo: vestuário, cenários, transporte, essas coisas ficariam com ele.

— E se eu precisar de alguma grana? — perguntou.

— Fazemos uma coleta — respondi. — Depois a gente abate do dinheiro do prêmio.

Rô encarregou-se da iluminação, e da maquiagem:

— Levo jeito para isso — garantiu.

— Não parece — disse Cecília, irônica. — A sua própria maquiagem não é das melhores.

— É porque eu tenho beleza natural, querida — devolveu Rô. — Não preciso de maquiagem.

Antes que a discussão esquentasse mais, Pedro propôs que combinássemos o esquema dos ensaios. Decidimos que, escolhida a cena a ser gravada, ensaiaríamos em caráter intensivo, se necessário varando a noite. Àquela altura, já estávamos todos empolgados pelo projeto.

• 5 •

De como as coisas começam a deslanchar

Passei o resto daquele dia e boa parte da noite lendo *O Guarani*. A história começava a me entusiasmar, e não só como leitor, também como cineasta (em potencial, ao menos). Agora eu até mudava de opinião: encontrar uma cena que se prestasse para o vídeo não seria problema. Ao contrário, o problema seria selecionar, de tantas cenas boas, a mais adequada. Fui até as duas da madrugada tomando notas, fazendo desenhos. Acabei adormecendo de cansaço.

Sonhei com Alencar, naturalmente. Ali estava ele, muito elegante, com sua barba negra, seus óculos de intelectual, a sobrecasaca, a gravata de laço... igual ao retrato que figurava no meu livro. Mas de repente já não era o Alencar, era o velhinho do sebo, dizendo "Leiam os clássicos, leiam os clássicos". Enfim: sonho confuso, do qual acordei sobressaltado. Olhei o relógio: estava atrasado para o encontro. Ignorando os apelos de mamãe para que tomasse café ("Você só se alimenta de cultura"), juntei rapidamente minhas anotações e corri para a casa de Severo. Já estavam todos lá, à minha espera. Depois da inevitável gozação — os meus atrasos já eram crônicos — Severo continuou a narrativa:

— Enquanto Cecília e Isabel estão no jardim, D. Antônio de Mariz fala com seu fiel escudeiro Aires Gomes na esplanada da casa. É uma conversa tensa. D. Antônio acaba de descobrir que o filho, D. Diogo, matou uma índia, e está furioso. O escudeiro quer salvar a cara do jovem: de fato, D. Diogo procedeu mal, mas, afinal, não passa de uma selvagem. Aí o D. Antônio responde: *"Não partilho essas ideias que vogam entre os meus companheiros; para mim, os índios, quando nos atacam, são inimigos que devemos combater; quando nos respeitam são vassalos de uma terra que conquistamos, mas são homens!"* Ele está preocupado. Diz que os índios têm uma *"paixão pela vingança"*...

— É como eu estava dizendo ontem — interrompeu Rô.
— Para esses caras, índio era inimigo ou vassalo. Ou ele matava ou explorava. Não havia meio-termo.

Como na faculdade, Rô mostrava-se radical. Severo, contudo, introduziu um elemento de moderação:

— O D. Antônio pensava de acordo com a sua época. Mas pretendia ser justo. Pelo menos repreende severamente o filho: *"Não sabeis fazer uso da espada que trazeis à cinta"*, diz.

— "Não sabeis fazer uso"? — Pedro, deliciado. — Mas que linguagem, hein? Vou exigir que meu pai me trate assim. Ele pode reclamar que eu gasto muito, mas terá de dizer: "Não sabeis fazer uso da mesada que vos dou".

— Mesmo entre pessoas da família — observou Severo — o tratamento era formal. Assim eram também as relações entre as pessoas, muito formais. Mas, voltando: D. Antônio decide que o filho terá de sair de casa, para servir ao governo português, *"conquistando ao gentio esta terra"*.

— Gozado — diz Rô. — O cara mata uma índia, e o castigo que recebe é ir para a tropa... onde vai matar mais índios!

— E pelo jeito se trata de um pai durão — observou Pedro. — Não hesitou em tocar o Diogo pra fora de casa.

— Pelo menos é um pai que se preocupa com o filho — disse Aníbal, amargo. — Não é um pai omisso.

Fez-se um silêncio embaraçoso. Nós três — Rô, Pedro, eu — sabíamos do mau relacionamento de Aníbal com o pai, algo que ele aliás não escondia: volta e meia estava falando nisso, às vezes de forma inadequada, como fora a sua intervenção, que nada tinha a ver com o assunto. Felizmente, Severo já retornava a *O Guarani:*

— Neste momento chega D. Álvaro com sua comitiva, bem a tempo para a prece. O Alencar descreve com muito lirismo e emoção a hora da Ave-Maria: todos oram, reverentes, diante do belo pôr do sol sobre a mata. Mas Loredano, com seu sorriso desdenhoso, não reza: dedica-se a observar Álvaro e Cecília, ajoelhados lado a lado. O ciúme dele é evidente, e vai se manifestar nessa noite. Todos se recolhem. Todos, não: Peri, que voltou e foi devidamente repreendido por Cecília, está agora no alto de uma árvore. De lá observa a moça, que, no quarto, examina as encomendas trazidas por Álvaro. Este, por sua vez, quer colocar na janela de Cecília um presente especial. Tarefa arriscada, porque a janela fica sobre um abismo, mas ele consegue seu intento... vigiado por Loredano, que também não consegue dormir, pensando em Cecília. Como Alencar diz: *"Loredano desejava; Álvaro amava; Peri adorava".* Aí vem uma cena de filme de aventuras: depois que Álvaro se vai, Loredano aproxima-se da casa. Introduz o punhal numa frincha da parede e, suspenso sobre o abismo, derruba o presente de Álvaro.

— Toda essa movimentação por causa da tal de Cecília? — Rô, com ar de deboche. — Pelo jeito, naquela época os caras não tinham mesmo o que fazer.

— Mas pelo menos era uma época em que as pessoas assumiam suas emoções e brigavam por elas — replicou Cecília. — Hoje, ao contrário, ninguém quer se envolver.

— Mas o nosso vídeo vai recuperar o passado — disse Pedro. — Vamos trazer o romantismo de volta.

— Antes disto — interrompi — vamos continuar com o nosso texto. Por favor, Severo.

Severo retomou a narrativa:

— Enquanto Cecília dorme, Isabel está acordada. Atormentada, pensa na mãe. Dela guarda, numa caixinha de ouro, uma relíquia: um anel de cabelos. E junto está o pó do curare, *"o veneno terrível dos selvagens"*, segundo Alencar. Ou seja: uma tragédia começa a se anunciar, mas Alencar muda o foco da narrativa, coisa que ele faz a todo o instante. Agora é de manhã. Ceci acorda, e a primeira coisa que faz é chamar Peri para dar-lhe uma bronca: que história era aquela de caçar onça viva? *"Ceci desejou ver uma onça viva, Peri a foi buscar"*, responde o índio. Comovida com aquela dedicação, Cecília dá um presente a Peri: um par de pistolas, trazidas por Álvaro. Em seguida, ela e Isabel vão ao banho, no rio... acompanhadas do guardião Peri, naturalmente.

— O quê! — Pedro, encantado. — Vamos ter uma cena de nudez explícita?

— De jeito algum — replicou Severo. — Século XVII, o que você queria? Nem maiô se usava. As moças tomavam banho com uma roupa que "ocultava inteiramente as formas do corpo", garante Alencar. No caminho as duas falam sobre Álvaro. Isabel diz que não gosta do rapaz, mas é mentira, na verdade está apaixonada por ele. Entram no rio, e nesse momento Peri avista dois índios, prontos para flecharem Cecília. Do alto da árvore onde está, Peri deixa-se cair no mesmo instante em que as flechas partem: uma se crava no ombro dele, a outra roça-lhe os cabelos e se perde; do chão, e sem mesmo se dar ao trabalho de arrancar a seta, saca as pistolas e mata os índios.

— Nossa! — Rô, espantada. — Esse Peri não é índio, é o Super-Homem! Vamos ter de procurar um ator muito especial, Tato!

— O problema é que ainda não temos ninguém — resmungou Pedro. — Especial ou não, está nos faltando o ator para o papel de Peri.

Verdade. Ficamos nos olhando, sem saber o que dizer. Tia Amélia nos salvou daquela indecisão:

— Vamos lá, gente, preparei uma comidinha para vocês. É meio-dia, vocês devem estar com fome.

De imediato rumamos para a mesa, posta no outro extremo da esplanada, onde estava a enorme travessa com uma farta macarronada. Servimo-nos, e ficamos ali, comendo e conversando. Pedro, como de costume, falava sobre os últimos filmes a que tinha assistido: esse *Tubarão* do Spielberg para mim não está com nada, o nosso vídeo vai ser muito melhor.

Eu estava mais interessado em observar Aníbal e Cecília. Sentados no extremo da mesa, juntinhos, batiam um papo animado. Pareciam encantados um com o outro, o que me deixou intrigado: será que estava surgindo algo ali? E não era só eu a observá-los: Rô, notei, não tirava os olhos dos dois. Estaria agora arrependida de ter rompido com Aníbal? Essas perguntas teriam de ficar para depois: agora precisávamos voltar ao trabalho. O almoço terminado, convoquei todo mundo. O dia estava bonito, de modo que ficamos ali mesmo, na esplanada ajardinada, enquanto Severo abria o livro — um exemplar com bela encadernação — e continuava a história.

· 6 ·
De como Peri descobre uma conspiração — e deixa-nos a todos indignados

— Dona Lauriana toma um susto tremendo quando descobre a onça trazida por Peri. Pede socorro a Aires Gomes que, com auxílio de outros homens, prepara-se para atacar a fera. Só que a coitada da onça em realidade estava morta; tinha se estrangulado com o laço que a prendia pelo pescoço. Dona Lauriana resolve aproveitar a oportunidade para se queixar ao marido do *"bugre endemoninhado"*. Pior: voltando do banho, Isabel conta que viu uma flecha cair perto da prima e que ouviu tiros. Imediatamente dona Lauriana conclui: coisa do Peri, de novo. D. Antônio, que gosta do índio, é obrigado a ceder: promete, a contragosto, que vai mandá-lo embora. Mas não param aí os equívocos e mal-entendidos. D. Álvaro conta a Cecília que deixou um presente em sua janela. A moça se ofende: não pode receber algo de um homem que não seja o seu pai.

— Deus, que frescura! — comentou Rô.

— Poxa vida, Rô. — Cecília, irritada. — Bem que você podia nos poupar de seus comentários.

— Calma, pessoal. — Severo, conciliador. — Vamos parar de discutir e voltar ao livro, certo? Então: Cecília recusa o presente, mas, por via das dúvidas, pede a Isabel que abra a janela. Não há nada ali, claro, o malvado Loredano atirou o presente no abismo, mas a simples ideia de encontrar algo que lembre Álvaro faz com que Isabel experimente uma emoção violenta; tão violenta que ela se trai. Cecília dá-se conta de que a moça está apaixonada por Álvaro.

— Com perdão da nossa nova amiga Cecília — observou o Pedro —, a Rô tem razão: essa trama é mais complicada do que qualquer novela de tevê. As pessoas não falam, elas se traem, se denunciam...

— E qual é o problema? — Cecília, desafiadora: estava a fim de uma polêmica. Se o Aníbal pretendia namorá-la, podia se preparar: a garota era voluntariosa mesmo. — Um pouco de romantismo, de mistério, não faz mal algum. Ao contrário, a vida fica mais interessante. Vocês são muito limitados, gente.

Severo, que obviamente não gostava dos rompantes da filha mas não queria repreendê-la na frente dos outros, interrompeu a discussão, retornando à narrativa:

— Vocês lembram que Peri recebeu um flechaço. Não demora muito ele sente os efeitos do veneno da flecha. Mas, homem da natureza, neutraliza os efeitos de tal veneno sugando a seiva de uma planta medicinal. Depois volta à floresta: está empenhado numa perseguição, que Alencar explica mediante um retrocesso na história. Conta-nos que na região aparecera uma família de índios aimorés: pai, mãe, filho e filha. Esta última era a índia que D. Diogo havia matado, por acidente, ficamos sabendo: queria atirar num animal, errou. Os índios resolveram vingá-la. O alvo era Cecília, salva, como vimos, por Peri. Que depois se embrenha na selva, atrás da índia remanescente. Não consegue alcançá-la, mas ao chegar a uma clareira algo o surpreende: está ouvindo vozes. Que vozes são essas? De novo, temos uma bolação do Alencar: as vozes vêm de um formigueiro. Os túneis cavados pelas formigas estão funcionando como conduto acústico e trazendo uma conversa que se trava a alguma distância dali...

— Ou seja: o Alencar inventou um interfone — comentou Pedro, e para Cecília: — Desculpe, Cecília, eu sei que você não gosta dessas brincadeiras com seu autor predileto.

Cecília nem respondeu: contentou-se em mostrar-lhe a língua.

— A conversa era entre Loredano e seus dois cúmplices, Bento Simões e Rui Soeiro. Trata-se de conspiração: com a ajuda de outros aventureiros, Loredano quer se apossar da casa de D. Antônio, que será morto por Rui Soeiro. Bento Simões liquidará o escudeiro Aires Gomes. Para si próprio Loredano reservou D. Álvaro. Mas a sua recompensa maior será, claro, a jovem Cecília, por quem ele tem aquela feroz paixão. *"É a minha parte na presa"*, diz aos cúmplices, *"a parte do leão"*.

— Mas que figura esse Loredano, hein? — comentou Rô.

— Talvez os cúmplices não sejam grande coisa, mas esse cara é o Prêmio Nobel da maldade.

— É o que o Peri também acha. *"Traidores"*, ele grita, indignado, usando de novo o formigueiro como interfone, e deixando os bandidos assustados. Mas, vocês perguntarão, quem é, afinal, esse tal de Loredano? Para explicar, o Alencar volta um ano na história. Descreve uma cena que se passa numa pousada à beira do caminho entre o Rio de Janeiro e o Espírito Santo. Está anoitecendo e uma tempestade se abate sobre a região. No alpendre da pousada, olhando a chuva que cai, torrencial, estão três homens: o gordinho Nunes, um homem trigueiro, com *"uns longes da raça judaica"*, chamado Fernão Aines, e o frei Ângelo di Luca, um frade carmelita que ali está como missionário, e que Alencar descreve como um tipo de rosto belo, enérgico e inteligente — são as únicas coisas elogiosas que dirá sobre ele. Filho de um pescador de Veneza, o frei havia sido transferido de Roma para o Rio de Janeiro. Pois ali estão os três — e de repente um raio atinge um cedro na frente da pousada, fendendo-o em dois. Uma parte da árvore cai sobre Fernão Aines, esmagando-lhe o peito. Moribundo, Aines pede a frei Ângelo que escute sua confissão: meses antes, no Rio de Janeiro, tinha assassinado um parente e a mulher, em cuja casa se hospedara, para roubar deles o mapa das fabulosas minas de prata descobertas pelo lendário Robério Dias no sertão da Bahia.

— Mas realmente — disse Pedro, admirado — esse Alencar sabia bolar uma história de aventura. Só faltava essa: o mapa da mina! É como naqueles filmes clássicos...

— O mapa estava escondido — simbolicamente — num crucifixo. Mal o homem morre, frei Ângelo atira-se a esse crucifixo, quebra-o, ele, um frade!, e encontra o pergaminho com o mapa. Seu destino agora está traçado: abandonou para sempre a religião. Tão logo sai, um raio cai sobre a terra; interpretando aquilo como uma ameaça de Deus, ele grita: *"Podeis matar-me; mas se me deixardes a vida, hei de ser rico e poderoso, contra a vontade do mundo inteiro!"* Acompanhado por um índio que lhe serve de guia, entra na floresta em busca de um esconderijo para o mapa. Acha o lugar, e sai dali não mais frei Ângelo, mas Loredano. No meio de uma touceira de cardos ficaram o mapa, o seu hábito de frade e o cadáver do índio que o guiara. E então o italiano Loredano... Alencar volta e meia menciona a nacionalidade... vai se apresentar na casa de D. Antônio de Mariz, a quem oferece seus serviços; tenciona ficar ali algum tempo até decidir o que fará com a fortuna que o aguarda; poderá oferecê-la a Felipe II de Espanha, que agora governa Portugal, ou a um outro rei, ou, ainda, poderá explorar as minas ele próprio. Tudo que precisa fazer é voltar ao esconderijo, apanhar o mapa e ir em busca daquela imensa riqueza.

— O cara é ambicioso mesmo — comentou Aníbal.

— Muito ambicioso. Mas aí ele conhece Cecília; a imagem dessa bela moça, casta e inocente, foi, diz Alencar, como faísca em pólvora. Ouçam só a passagem: *"Toda a continência de sua vida monástica, todos os desejos violentos que o hábito tinha selado como uma crosta de gelo, todo esse sangue vigoroso e forte da mocidade, passada em vigílias e abstinências, refluíram ao coração e o sufocaram um momento. Depois um êxtase de voluptuosidade imensa embebeu essa alma velha pela corrupção e pelo crime, mas virgem para o amor. O seu coração revelava-se com toda a veemência da vontade audaz... Sentiu que essa mulher era tão necessária à sua existência, como o tesouro que sonhava: ser rico para ela, possuí-la para gozar a riqueza, foi desde então o seu único pensamento, a sua ideia dominante".*

— Está ferrado — disse o Aníbal, amargo. — Enquanto o negócio dele era dinheiro, ainda podia se salvar. Agora que se meteu com mulher...

Rô estava pronta para responder, mas felizmente a tia Amélia apareceu:

— Hora do rango, gente. Encomendei pizza para vocês.

Servimo-nos, e, levando nossos pratos de papelão, fomos nos sentar no gramado. Estávamos todos juntos, menos o Aníbal, que por alguma razão tinha se afastado e estava sozinho, quieto, olhando o riozinho lá embaixo. Eu gostava muito do Aníbal, um cara sofrido mas legal. Levantei-me, fui até lá:

— Vamos lá, Aníbal, diga o que há com você.

— Não há nada — defendeu-se ele. — Só quero ficar sozinho, pensando um pouco.

— Não me venha com esse papo-furado, Aníbal. Alguma coisa está acontecendo com você. A mim você não engana, cara, a gente se conhece desde criança. Vamos lá, fale, você sabe que eu sou seu amigo.

Ele hesitou, acabou desabafando:

— É aquela história dos meus pais. Ontem, quando cheguei em casa, encontrei minha mãe deprimida, chorando muito: tinham brigado de novo. Por causa da pensão, essa coisa de divorciados. Fiquei puto, liguei pra ele, disse-lhe umas verdades. Ele me ouviu, depois falou: "Escuta, Aníbal, eu agora tenho outra mulher, tenho um filho pequeno, quero refazer minha vida e sua mãe não me deixa em paz... perdi a paciência, é verdade, mas está na hora de ela me largar de mão, me esquecer de vez".

— E você ficou achando que esse negócio de esquecer de vez incluía você...

— Não sei. Só sei que fico com vontade de mandar tudo longe. Pense nesse Loredano, que o Alencar chama de gênio do mal: na aparência um frade bem-comportado, no fundo um bandido. É só aparecer o mapa do tesouro ou uma garota que lhe dá tesão e ele se revela. Agora, a verdade é que todos nós temos o nosso lado bandido, e confesso que se eu encontrasse meu pai hoje seria capaz de bater nele... o cara mobiliza o meu lado gângster, entende?

— Mas ontem achei você muito bem, naquele papo com a Cecília... Ela é capaz de fazer você esquecer a Rô.

Pela primeira vez naquele dia ele sorriu, um sorriso que me surpreendeu pela timidez:

— Você acha? Eu gosto da Cecília, sim. E acho que ela também simpatiza comigo. O problema é o pai...

— O Severo? É? O que houve?

— Não sei. Tenho a impressão de que ele não vai muito com a minha cara. — Sorriu: — Mas fique tranquilo, Tato. Os meus problemas amorosos não atrapalharão o nosso trabalho. Você pode contar comigo.

— Toca aqui — eu disse, estendendo a mão. Ele apertou-a, comovido, levantou-se:

— Vamos lá, vamos nos juntar à turma.

· 7 ·
De como encontramos um Peri na vida real

Sim, eu sabia que podia contar com Aníbal, e com Pedro, e com Rô; e com a Cecília e até mesmo com tia Amélia e Severo. Todos nós éramos amadores, mas com um pouco de boa vontade poderíamos viver papéis de *O Guarani*. Cecília, por exemplo, estaria bem como sua homônima (tingindo os cabelos ou usando uma peruca loira); Rô seria uma ótima Isabel, tinha todo o tipo físico para isso. Quanto a Aníbal, se quisesse ser o Loredano que o fascinava, tudo bem. Severo seguramente se prestaria para fazer D. Antônio. Lauriana? Tia Amélia, claro. Gozadora como ela só, adoraria representar a histérica esposa do fidalgo. Se precisássemos de uns extras — para os aventureiros — eu poderia chamar alguns colegas de faculdade, ou recorrer aos frequentadores do bar do Clécio. Finalmente: o cenário estava ali, diante de nossos olhos — aquela casa surpreendente que, só ela, dava tema para mais de um vídeo.

Faltava o Peri. Precisávamos, urgente, encontrar alguém para o papel.

E teria de ser um cara muito bom. Não poderia ser um índio fajuto, fabricado com maquiagem, daqueles índios que apareciam nos antigos filmes americanos, prontos para serem trucidados pela cavalaria. Não, eu queria um índio mesmo, um tipo que correspondesse à descrição — e ao entusiasmo — de Alencar. Mas onde encontrá-lo? Onde estavam os milhões de índios que habitavam o Brasil à época do descobrimento? A dúvida me inquietava: à medida que avançávamos no texto (Severo narrando, nós lendo em casa), ficava clara a importância dada pelo autor ao personagem. A cena que Alencar descreve no capítulo intitulado "Iara" é um exemplo muito ilustrativo e Severo contou-a com ênfase particular:

— Alencar volta no tempo para relatar como a família conheceu Peri. Numa bela tarde de verão, diz-nos, a família de D. Antônio estava reunida na margem do Paquequer. De repente, ouvem um grito: *"Iara!"*, que quer dizer, explica o autor, *"senhora"*, em guarani. Olham e veem que um índio guarani está segurando, com tremendo esforço, uma enorme rocha, prestes a rolar ribanceira abaixo, na direção do lugar em que estava sentada Cecília. D. Antônio salta, agarra a filha, tira-a dali. A moça foi salva da morte certa.

— Mas é cena de filme de aventuras — exclamou Pedro.

— E tem gente pensando que foi o cinema americano que inventou essa fórmula — acrescentou Aníbal. — Pelo visto, o Alencar é um precursor do cinema de ação.

— É mesmo — concordou Severo. — Mas então: tendo salvo Cecília, Peri se apresenta a D. Antônio, que o recebe com admiração e respeito: *"Sou um fidalgo português, um branco inimigo de tua raça, conquistador de tua terra, mas tu salvaste minha filha, e ofereço-te minha amizade"*. Peri então recita uma fala poética:

"Era o tempo das árvores de ouro.
A terra cobriu o corpo de Ararê e as suas armas; menos o arco de guerra.
Peri chamou os guerreiros de sua nação e disse:
— Pai morreu; aquele que for o mais forte entre todos, terá o arco de Ararê. Guerra!

Enquanto o sol alumiou a terra, caminhamos; quando a lua subiu ao céu, chegamos. Combatemos como goitacás. Toda a noite foi uma guerra. Houve sangue, houve fogo.

Quando Peri abaixou o arco de Ararê, não havia na taba dos brancos uma cabana em pé, um homem vivo; tudo era cinza.

Veio o dia e alumiou o campo; veio o vento e levou a cinza.

Peri tinha vencido; era o primeiro de sua tribo e o mais forte de todos os guerreiros.

Sua mãe chegou e disse:

— Peri, chefe dos goitacás, filho de Ararê, tu és grande, tu és forte como teu pai; tua mãe te ama.

Os guerreiros chegaram e disseram:

— Peri, chefe dos goitacás, filho de Ararê, tu és o mais valente da tribo e o mais temido do inimigo; os guerreiros te obedecem.

As mulheres chegaram e disseram:

— Peri, primeiro de todos, tu és belo como o sol e flexível como a cana selvagem que te deu o nome; as mulheres são tuas escravas.

Peri ouviu e não respondeu: nem a voz de sua mãe, nem o canto dos guerreiros, nem o amor das mulheres o fez sorrir.

Na casa da cruz, no meio do fogo, Peri tinha visto a senhora dos brancos; era alva como a filha da lua; era bela como a garça do rio.

Tinha a cor do céu nos olhos; a cor do sol nos cabelos; estava vestida de nuvens, com um cinto de estrelas e uma pluma de luz.

O fogo passou; a casa da cruz caiu.

De noite Peri teve um sonho; a senhora apareceu; estava triste e falou assim:

— *Peri, guerreiro livre, tu és o meu escravo; tu me seguirás por toda a parte como a estrela grande acompanha o dia.*

A lua tinha voltado o seu arco vermelho quando tornamos da guerra; todas as noites Peri via a senhora na sua nuvem; ela não tocava a terra e Peri não podia subir ao céu.

O cajueiro quando perde a sua folha parece morto; não tem flor, nem sombra; chora umas lágrimas doces como o mel dos seus frutos.

Assim Peri ficou triste.

A senhora não apareceu mais; e Peri via sempre a senhora nos seus olhos.

As árvores ficaram verdes; os passarinhos fizeram seus ninhos; o sabiá cantou; tudo ria; Ararê lembrou-se de seu pai.

Veio o tempo da guerra.

Partimos; andamos; chegamos ao grande rio. Os guerreiros armaram as redes; as mulheres fizeram fogo; Peri olhou o sol.

Viu passar o gavião.

Se Peri fosse o gavião, ia ver a senhora no céu.

Viu passar o vento.

Se Peri fosse o vento, carregava a senhora no ar.

Viu passar a sombra.

Se Peri fosse a sombra, acompanhava a senhora de noite.

Os passarinhos dormiram três vezes.

Sua mãe veio e disse:

— Peri, filho de Ararê, guerreiro branco salvou tua mãe; virgem branca também.

Peri tomou suas armas e partiu; ia ver o guerreiro branco para ser amigo; e a filha da senhora para ser escravo.

O sol chegava ao meio do céu e Peri chegava também ao rio; avistou ao longe a casa grande.
A virgem branca apareceu.
Era a senhora que Peri tinha visto; não estava triste como da primeira vez; estava alegre; tinha deixado lá a nuvem e as estrelas.
Peri disse:
— A senhora desceu do céu, porque a lua sua mãe deixou; Peri, filho do sol, acompanhará a senhora na terra.
Os olhos estavam na senhora; e o ouvido no coração de Peri. A pedra estalou e quis fazer mal à senhora.
A senhora tinha salvado a mãe de Peri, Peri não quis que a senhora ficasse triste e voltasse ao céu.
Guerreiro branco, Peri, primeiro de sua tribo, filho de Ararê, da nação goitacá, forte na guerra, te oferece o seu arco; tu és amigo".

— Mas daria um grande deputado, esse Peri — comentou Aníbal. — Não é meio estranha, essa linguagem, para um índio?

— É a dúvida que tem o Álvaro — disse Severo. — *"Onde é que este selvagem sem cultura aprendera a poesia simples, mas graciosa?"* E ele mesmo explica: Peri é uma expressão da natureza brasileira.

"Quem conhece a vegetação de nossa terra desde a parasita mimosa até o cedro gigante; quem no reino animal desce do tigre e do tapir, símbolos de ferocidade e força, até o lindo beija-flor e o inseto dourado; quem olha este céu que passa do mais puro anil aos reflexos bronzeados que anunciam as grandes borrascas; quem viu, sob a verde pelúcia da relva esmaltada de flores que cobre as nossas várzeas deslizar mil répteis que levam a morte num átomo de veneno, compreende o que Álvaro

sentiu. Com efeito, o que exprime essa cadeia que liga os dois extremos de tudo o que constitui a vida? Que quer dizer a força no ápice do poder aliada à fraqueza em todo o seu mimo; a beleza e a graça sucedendo aos dramas terríveis e aos monstros repulsivos; a morte horrível a par da vida brilhante? Não é isso a poesia?"

Notando que Severo recitava o trecho sem consultar o livro, tia Amélia admirou-se:

— Mas você sabe o Alencar de memória! Olhe que eu li esse livro no colégio e não sou capaz de citar trechos como você.

Severo sorriu. Era evidente que entre ele e tia Amélia havia uma espécie de cumplicidade, evidenciando uma ligação mais profunda:

— Ora, Amélia. Se você o relesse umas dez vezes, como eu, também lembraria muitas coisas.

— Tem uma coisa que não entendi — disse Aníbal. — O Peri via na Cecília a imagem da Virgem, é isso?

— É isso — confirmou Severo. — O Alencar explica que Peri viu a Virgem Maria numa igreja de Vitória que foi incendiada pelos índios goitacás, *"povo valente, guerreiro e destemido",* num ataque à vila.

— Pelo jeito, ele sabia tudo sobre índios — comentou Aníbal.

— Ah, sim. Ele estudou inclusive expressões indígenas... "Árvore de ouro", por exemplo, se refere à sapucaia, que dá muitas flores amarelas em setembro. E lá pelas tantas Peri explica que chama Cecília de Ceci não porque não saiba pronunciar o nome, mas porque Ceci significa "magoar", e ele se sentia magoado pela frieza com que, no começo, a moça o tratara.

— Mas Ceci o conquistou... — disse Cecília.

— Sem dúvida. Para ficar junto dela, Peri recusa um apelo da própria mãe, que exige a sua volta à tribo. E enfrenta a hostilidade de dona Lauriana, que quer vê-lo longe dali. Mas, continuando: D. Antônio aceita a homenagem de Peri, oferece-lhe uma arma de fogo. *"É a minha companheira fiel, a minha arma de guerra; nunca mentiu fogo, nunca errou o alvo: a sua bala é como a seta do teu arco. Peri, tu me deste minha filha; minha filha te dá a arma de guerra de seu pai",* ele diz. A partir daí, o Peri será uma presença constante na família, apesar, como eu disse, do desdém de dona Lauriana, que via no índio *"um cão fiel que tinha um momento prestado um serviço à família e a quem se pagava com um naco de pão".*

— "Cão fiel" — disse Rô. — Mostra bem como aquela gente via os índios.

— Alencar, talvez pensando em leitoras de nobre estirpe, apressa-se a dizer que a esposa de D. Antônio não pensava assim por mau coração, mas sim *"por prejuízos de educação".* Já em Isabel, a figura de Peri evocava uma lembrança penosa: a da mãe índia, tratada com desdém pelos brancos.

Severo interrompeu-se, consultou o relógio:

— Jovens, sinto muito, mas tenho um compromisso hoje. Vamos ter de ficar por aqui. Amanhã a gente continua.

O anúncio me deixou preocupado. Já estávamos bastante atrasados; provavelmente teríamos só dois ou três dias para preparar a cena... quando ela fosse escolhida, o que também ainda estava longe. Além disso, havia a questão do Peri. Para mim estava cada vez mais claro que precisaríamos encontrar alguém, e o quanto antes, para o papel. Mas não havia outra coisa a fazer, de modo que fomos até o Clécio.

Apesar de ser domingo de Carnaval ou justamente por isso, o bar estava cheio; alguns frequentadores fantasiados, inclusive: numa mesa — e aquilo me pareceu irônico — havia uma tribo inteira de índios, com cocares e tudo.

— Atores para o seu vídeo não faltam por aqui — disse Clécio, bem-humorado. — É só você anunciar que está precisando de índio.

Protestei: nosso trabalho tinha de ser mantido em segredo, afinal era um concurso. Ele riu:

— Segredo? Todo mundo já sabe. E você tem concorrentes: o Toninho ali também quer o prêmio.

De sua mesa, Toninho acenou para nós:

— Estou no páreo — gritou.

O que, francamente, me desagradou. Filho de pai rico, Toninho — sempre elegante nas suas roupas finas e nos seus óculos escuros importados, parecia um manequim — não teria problema algum para fazer uma caríssima adaptação de *O Guarani,* com todos os recursos possíveis e imagináveis. Gostei menos ainda quando Toninho se levantou, agarrou Rô pelo braço, levou-a para um canto e começou a falar com ela em voz baixa. Quando ela voltou senti-me no dever de perguntar-lhe a respeito:

— O que queria o Toninho?

— Nada — disse ela, evasiva.

— Como, nada? Ele falou um tempão com você.

— Muito bem. — Olhou-me, desafiadora. — Você quer saber? Ele me convidou a participar no vídeo dele. Fazendo, claro, o papel de Isabel.

— O quê! — Eu, indignado. — Fez isso, o Toninho? Mas que cara de pau, Rô! Que cretino!

— Você acha? — Ela, irônica. — A mim não parece. Em primeiro lugar, ele não sabia que eu já estava em sua equipe. Em segundo lugar, parece que ele me valoriza mais do que vocês.

— Do que é que você está falando, Rô?

— Você sabe muito bem. — Ela a custo se continha.

Eu sabia, claro. E, se não soubesse, era só olhar a nossa mesa para descobrir. Ali estava Cecília, contando uma história

que Aníbal escutava embevecido. Rô estava com ciúmes. Mirei-a: tinha os olhos marejados de lágrimas.
— Que besteira, Rô — eu disse, emocionado também. — Você sabe que a gente te adora. Você é a nossa musa...
— Não é como eu me sinto, Tato. Não é como eu me sinto. Acho que vocês estão contra mim. Depois que eu terminei com o Aníbal vocês não me trataram mais da mesma maneira.
— Absurdo, Rô. Absurdo. O que aconteceu entre você e o Aníbal só interessa a vocês dois. Terminou o namoro, e daí? Namoros terminam. Mas você continua na turma e a gente te adora.
Falei, falei, mas ela não estava convencida:
— Pode ser. — Hesitou um pouco e acabou desabafando: — Estou me sentindo como a Isabel: a gata borralheira da casa. A Cecília é que é a filha querida, loira, bonita; a outra não passa de uma agregada, de pele escura. Bonita? Talvez. Mas marginal.
Ah, então era aquilo: ela estava obviamente mordida pelo fato de que Aníbal agora só tinha olhos para Cecília
— Bobagem, Rô. Grossa bobagem. Você sabe que tem um papel importante, tanto no filme como na nossa turma. E você sabe que tem alguém que faria qualquer coisa por você.
— Quem?
— Eu. — Era um pouco brincadeira, um pouco verdade: alguma coisa entre nós existia. Mas Rô optou por não me levar a sério. Acariciou-me o rosto:
— Eu sei, Tato. Sei que você gosta de mim, e eu também gosto de você. Mas estou muito machucada, você sabe. Não me sinto em condições de começar uma relação. Depois, quem sabe.
Riu:
— Mas você pode fazer uma coisa por mim: me acompanhe até em casa.

— Vamos lá.
Despedimo-nos de todos, fomos saindo. Passamos pela mesa de Toninho, que, muito descarado, sorriu para ela:
— Espero uma resposta, hein, Rô?
Perdi a paciência, fui até lá.
— Escute, Toninho: se você quer competir pelo prêmio, tudo bem, é o seu direito, que ganhe o melhor de nós. Agora, cantar a Rô para entrar no seu grupo é coisa que não admito. Isso é sacanagem, cara. Você está dando uma de Loredano.
E como ele fizesse cara de espanto:
— Você não sabe quem é? Então está na hora de você ler *O Guarani,* cara. Como é que você quer adaptar a obra se nem conhece os personagens? Vá para casa ler, rapaz.
E saí, triunfante, com a Rô.

Ela morava com a mãe ali perto, num velho e dilapidado edifício de uma ruazinha tranquila. Quando nos aproximávamos, tive um choque.
Parado na frente do prédio estava o Peri. Isso mesmo: o Peri. Um rapaz da minha idade, mais ou menos, tipo indiático, de estatura média, mas muito forte, uma figura impressionante, a figura que o Alencar sem dúvida imaginara (só que não de roupa, claro).
— Quem é esse cara — perguntei a Rô.
— Aquele? É o meu vizinho. O nome dele é Paulo, mas todos o conhecem por Cacique. Por que você quer saber?
— Mas ele é o Peri, Rô! O Peri escrito! É o cara talhado para o papel!
— É mesmo. — Ela agora se dava conta da semelhança. — Não sei como não pensei nele antes. Mas você tem razão. Vamos bater um papo com ele.
Aproximamo-nos:
— Oi, Cacique — disse Rô. — Tudo bem?

— Tudo bem. — Mirou-nos, meio desconfiado.

— Queria lhe apresentar o meu amigo Tato. Ele tem uma proposta para você.

— Proposta? Que proposta?

Não parecia muito amistoso, ele, mas eu não desistiria tão facilmente; agora, olhando-o de perto, estava ainda mais convencido de que era o Peri escrito, pelo menos o Peri tal como imaginava.

Falei longamente do nosso projeto. Ele ouvia sem dizer nada.

— Então? — concluí. — O que é que você acha?

Não respondeu.

— Podemos contar com você para fazer o Peri? — insisti, já meio inquieto.

— Não sei — disse ele, por fim. — Não sei. Acho que não. Deixa pra lá, cara. Não sou muito chegado a essas coisas.

Resposta desanimadora. Insisti:

— Por que não? É uma boa, cara. Você vai conhecer gente legal, como a nossa amiga Rô. E tem mais, a gente se diverte, e aprende, e há o prêmio, que não é de jogar fora... Você tem de topar, cara.

— Não sei — repetiu ele. — Sou um cara fechado, nem nas festas do colégio eu participava. Além disso...

Vacilou: ah, ali vinha a razão verdadeira. À qual, para ajudá-lo, me antecipei:

— Não precisa me dizer: você não quer fazer o papel de índio. Porque você *é* índio. E isso lhe enche o saco. Tem gente que olha você de maneira estranha, de vez em quando você até ouve umas gozações. É isso?

— É. — Ele, admirado. — Como é que você sabe?

— Não é difícil adivinhar. Você é de onde?

— Do Mato Grosso. — Agora ele falava com mais desenvoltura, como se estivesse aliviado. — Meu pai é funcionário da Funai. Veio transferido para cá há uns anos e trouxe a fa-

mília. Somos cinco. Quer dizer: éramos cinco, porque minha mãe morreu. Aí meu pai casou de novo.
— Mas você não mora com a família.
Hesitou:
— Não. Moro sozinho aqui.
A dificuldade com que o disse não deixava dúvidas: tinha problemas com a família, com a madrasta, provavelmente.
— Deve ser meio chato morar sozinho...
— É. Mas lá era pior.
Vacilou um instante, e acabou desabafando:
— Por causa daquela mulher, sabe? Ela não era da nossa gente, veio não sei de onde. Casou com o meu pai porque ele tinha um emprego seguro, mas os dois não se dão muito bem. E, quando brigam, ela nos xinga a todos: não sei o que estou fazendo no meio desses bugres, ela diz.
— Isso incomoda você.
— Claro que incomoda. — Ele agora estava com a voz embargada. — E não é só ela, claro. Na firma de segurança onde eu trabalho... sou vigilante noturno... é a mesma coisa: bugre pra cá, bugre pra lá. Isso enche o saco. Agora: você quer que eu participe num vídeo fazendo o papel de índio? É justamente o que eu não quero fazer. Eu quero esquecer que sou índio. Quero esquecer.
Isso era o que ele dizia. Mas eu não acreditava no que ele dizia:
— Você quer esquecer. Mas esquecer, por quê? Esquecer é dar força a esses caras que acham o índio inferior. Você tem de reagir, Cacique. Você tem de mostrar que índio é gente. É isso que pretendemos com o nosso vídeo: mostrar o índio com coragem, com dignidade.
Ele ainda não estava convencido:
— Não sei, não. Gente bem-intencionada não falta, gente que quer defender os índios em peças de teatro, na tevê...

mas sai cada babaquice que até dá raiva. E nisso eu não gostaria de me meter.

— Pois venha — retruquei — e nos ensine a fazer a coisa sem babaquice. Nós conhecemos o livro, mas você tem a experiência vivida, que é muito mais importante.

Ele não respondeu. Mas obviamente o argumento o impressionara. Resolvi apostar em um efeito retardado:

— Você não precisa me responder agora. Olhe, vou lhe dar o endereço da casa onde estamos nos reunindo. Pense no que eu lhe falei, e, se topar a ideia, apareça lá.

Sem dizer nada, ele pegou o papelzinho onde eu havia escrito o endereço de Severo.

Despedindo-se de nós — tenho de trabalhar, pego às oito —, foi-se.

— Então — perguntei a Rô — o que é que você acha?

— Acho que você mexeu com ele — disse ela. — Vamos ver o que vai acontecer.

Despediu-se de mim, mas eu lhe segurei a mão:

— Você não quer que eu suba para bater um papo?

Eu sabia que a mãe dela estava fora... Mas Rô sorriu:

— Não, Tato. Melhor não. Mas agradeço: foi uma boa tentativa, essa sua.

Beijou-me no rosto e entrou no prédio.

• 8 •
De como Peri salva Álvaro — e de como o Cacique muda de ideia, salvando-nos da ansiedade

Na manhã seguinte cheguei à casa de Severo com uma expectativa extra: teria o Cacique aceito o nosso convite? Tão logo entrei, contudo, foi aquela decepção: o pessoal estava reunido na grande sala, Rô inclusive. Todos ansiosos: Rô já tinha contado a nossa conversa do dia anterior, e a expectativa de ver o Cacique — o Peri — era grande. Só que nem sinal do cara.

— Falei com ele antes de vir para cá — contou Rô. — Perguntei se tinha pensado na nossa proposta, se topava. Disse que sim, que tinha pensado, mas que ainda ia resolver.

— Está certo. — Suspirei, resignado. — Ele pediu um tempo, tem direito. Só que não podemos ficar à espera. O tempo agora é escasso. Acho que temos de continuar com o texto, certo?

Todos estando de acordo, Severo abriu o livro, prosseguiu com a narrativa:

— Como vocês lembram, Loredano e seus cúmplices estavam na clareira, quando ouviram a misteriosa voz chamando-os de traidores. Não se dão conta de que é a voz de Peri; perturbados, resolvem se afastar dali. No caminho, Loredano avista Álvaro, e conclui: foi ele quem gritou. Decide enfrentá-lo. Sabe que o outro é imbatível na espada, mas tem de correr o risco. Vai ao encontro dele, interpela-o. Há um bate-boca, Álvaro compara Loredano a um réptil, e é desafiado para um duelo: *"Vamos até o rio, que está aqui perto. Cada um ficará sobre a ponta de um rochedo e trocaremos tiros. O que cair morto ou ferido pertencerá ao rio e à cachoeira; não incomodará o outro".* Com o que D. Álvaro concorda, porque *"... eu me envergonharia se D. Antônio de Mariz soubesse que me bati com um homem de vossa qualidade".* Duelo com espada é coisa para cavalheiros, não para bandidos. Os dois se dirigem para o rio, D. Álvaro à frente. De imediato a ideia ocorre ao maligno ex-frade: liquidar o rapaz de uma vez, matando-o pelas costas. Pega a pistola, mira, atira, mas nesse momento Peri pula do mato e desvia-lhe o braço. Quando a fumaça se dissipa vê-se Loredano subjugado pelo índio que, faca na mão, está pronto para acabar com ele. No que é impedido por D. Álvaro: *"A vida deste homem me pertence; atirou sobre mim; é a minha vez de atirar sobre ele".* Aponta a arma: *"Ides morrer, fazei vossa oração".* Loredano responde com blasfêmias. Álvaro pensa melhor, abaixa a pistola: *"És indigno de morrer à mão de um homem, e por uma arma de guerra".* Faz Loredano jurar que deixará o lugar e não mais voltará. Loredano jura e se vai. D. Álvaro agradece a Peri, que responde: *"Quem te salvou foi a senhora. Se tu morresses, a senhora havia de chorar; e Peri quer ver a senhora contente. Peri te ama, porque fazes a senhora sorrir".*

— Bota dedicação nesse Peri — suspirou Rô. — Um namorado assim é que eu queria.

— Dedicação é coisa recíproca — disse Aníbal, que claramente se sentira atingido pelo comentário. — Dedicação nasce da fidelidade.

Nesse momento, e felizmente, soou o sino. A empregada foi atender, e voltou com uma cara de desconfiança:

— Tem um sujeito esquisito aí na porta — disse-me. — Está procurando por você. Não deixei entrar porque não conheço.

Fui até lá e, para minha alegria, era ele, era o Cacique. Abracei-o:

— Que bom que você veio, Cacique, que bom. Bom para nós, bom para você.

— Resolvi ver como é o negócio — disse, mostrando os dentes num constrangido sorriso.

— Grande, cara. Grande. — Eu, jubiloso. — Você não vai se arrepender. Entre, vou lhe apresentar o pessoal.

Levei-o para a sala:

— Gente, aqui está o nosso Peri. Veio se incorporar ao nosso grupo.

Cacique cumprimentou a todos, cerimoniosamente, e sentou ao lado de tia Amélia.

— Cara de índio ele tem. O resto, nada a ver — disse Pedro, baixinho.

Tinha razão. Por alguma razão Cacique sentira-se na obrigação de vestir-se como para uma solenidade: estava de terno — um terno barato, meio apertado — e gravata, aliás de escasso bom gosto. Não dava para imaginá-lo, ao menos no momento, de tanga e empunhando um arco. E será que ele toparia isso? Será que não se sentiria ridículo? Uma questão que teria de ficar para mais adiante, mesmo porque Severo já prosseguia a leitura:

— Essa cena é aquela que está em *O Guarani* sob o título de "O bracelete". Cecília já se deu conta de que Isabel está apaixonada por Álvaro. Não é o que ela própria sente pelo rapaz; gosta dele, mas não o ama. Sente, portanto, pena da outra e resolve lhe dar um presente: a joia que D. Álvaro havia trazido, e que Loredano atirou no precipício. Recuperá-la é missão quase impossível, mas disto se encarrega o imbatível Peri, que desce enfrentando répteis enormes, víboras e aranhas venenosas. Volta trazendo a bolsa de seda azul com o bracelete de pérolas. Um presente, aliás, que nunca estaria ao alcance de Peri — coisa de que ele se ressente. Cecília consola-o: *"Vai buscar uma flor que tua senhora deitará nos seus cabelos, em vez deste bracelete que ela nunca deitará no seu braço".*

— Está vendo, Cacique? — disse a Rô, com um sorriso meio gozador. — Seu papel no vídeo é importante.

— Ainda não sei se vou fazer o papel — disse ele. — Por enquanto, estou só escutando.

— Mas você daria um grande Peri — opinou Cecília. — Na qualidade de candidata ao papel de heroína eu não escolheria outro.

— Heroína, disse você? — Lá vinha a Rô de novo; decididamente implicara com a garota. — Não sei por quê. Essa tal de Cecília não passa de uma garotinha mimada. Se há heroína nesta história é a Isabel.

— Estamos perdendo tempo, gente — disse Aníbal, seco. — Vamos deixar a polêmica para depois.

Severo, que evitava se meter naquelas discussões — evidentemente aborrecia-o a mútua hostilidade entre Isabel e a filha —, continuou:

— A história agora vai sofrer uma mudança. Até aqui as complicações amorosas são o ponto principal. Agora a ameaça à família, representada pela traição de Loredano e por um provável ataque dos índios, passa para o primeiro plano. Antes há uma revelação. D. Antônio, que é sexagenário, chama D. Diogo e D. Álvaro e anuncia que quer fazer seu testamento. Nomeia D. Diogo chefe da família, confia-lhe os bens; já Álvaro deverá tomar conta de Cecília. E aí vem a surpreendente confissão: Isabel é filha dele com uma índia. Nunca admitiu publicamente a paternidade, mas agora, que se imagina no fim da vida, resolve compensar a moça por essa falha: *"Peço-vos que a ameis como irmã e a rodeeis de tanto afeto e carinho que ela possa ser feliz e perdoar-me a indiferença que lhe mostrei e a infelicidade involuntária que causei à sua mãe".*

— É o que estou dizendo. — Rô não podia se conter. — O cara era pai da Isabel, mas não assumia. E vem com esse papo: que ela seja feliz, que perdoe... Eu não perdoaria coisa nenhuma. Isso é hipocrisia da grossa, gente.

— Pode ser — admitiu Severo. — Mas filhos ilegítimos não eram raros. Era o caso do próprio Alencar. O pai dele, José Martiniano de Alencar, era padre, mas teve esse filho, nascido da união *"ilícita e particular"*, palavras dele, com a prima Ana Josefina de Alencar. E isso que o padre Alencar, um deputado, era homem de ideias liberais.

— Imagine se não fosse — zombou a Rô.

— Mas lembrem-se de que se trata de outra época — observou Severo —, uma época em que a religião, por exemplo, era vista de maneira diferente. A passagem seguinte mostra bem isso. D. Antônio manda chamar Peri e diz-lhe que se vá, que volte para sua tribo. Alega que o índio é pagão: *"Tu sabes que nós os brancos temos um Deus que mora lá em cima, a quem amamos, respeitamos e obedecemos... Esse Deus não quer que viva no meio de nós um homem que não o adora e não o conhece".* Ao que Peri responde: *"O Deus de Peri também mandava que ele ficasse com sua mãe, na tribo, junto dos ossos de seu pai; e Peri abandonou tudo para seguir-te".*

Tocou o telefone: era para Severo. Pelo jeito, tratava-se de uma ligação demorada. Decidimos fazer uma pausa, e fomos todos para a esplanada. Expliquei ao Cacique que aquela casa era uma reprodução da mansão de D. Antônio — mas aí fiz uma observação idiota:

— Você talvez tenha lido a descrição desta casa no livro do Alencar...

— Não li esse livro — respondeu ele, seco. — Não sei se você sabe, mas só cursei o primeiro grau, lá no Mato Grosso. A gente leu meia dúzia de livros, mas nenhum desse tal de Alencar.

Fez-se um silêncio embaraçoso que ele mesmo interrompeu:

— Olhe, Tato, você não precisa me tratar como se eu fosse um coitadinho. Sou índio, minha gente passou por maus pedaços, mas tudo bem, tem muito brasileiro na mesma situação. Por isso...

Cecília, que se aproximava, sorridente, interrompeu-o:

— Quero ver de perto a nossa nova aquisição.

Examinou-o de cima a baixo:

— Cara, você é glamoroso — disse, com genuína admiração (e, pareceu-me, com certo tesão). — Faria sucesso num filme americano. Venha cá, vou lhe mostrar a casa. Os outros já conhecem, você ainda não.

Pegou o rapaz pela mão e afastou-se com ele, sob o olhar rancoroso de Aníbal. Com medo de que dissesse alguma bobagem, disse-lhe disfarçadamente:

— Calma, meu chapa. O ciumento nesta história é o Loredano, não você.

— Não preciso de suas ponderações — disse ele, desabrido, e entrou na casa. Deixando-me apreensivo: será que conseguiríamos gravar o vídeo antes que estourasse uma briga?

· 9 ·
De como as coisas se complicam: o ataque está em marcha. Mas boas ideias começam a surgir, gerando a esperança, por enquanto ainda tênue, de um final feliz

Severo apareceu na porta:
— Podemos continuar, pessoal. Venham.
Entramos, sentamos, ele pegou o livro:
— Onde é que estávamos? Ah, sim. Peri lembra a D. Antônio que abandonou tudo para juntar-se a ele. O cavalheiro não sabe o que dizer. Peri diz que irá se Cecília assim o desejar. Obedecendo a uma ordem de dona Lauriana, Cecília pede-lhe que faça isso, que se vá. D. Antônio dá-lhe um documento, garantindo a qualquer português que venha a capturar Peri que ele, Antônio, responsabiliza-se pelo índio. Já Cecília dá-lhe uma cruz de ouro: *"Quando souberes o que diz esta cruz, volta, Peri"*. Peri prepara-se para partir, mas antes adverte a D. Antônio: a casa vai ser atacada pelos aimorés, a tribo da qual fazia parte a índia morta por D. Diogo. Nesse momento D. Antônio descobre nele o ferimento de flecha, constata que as pistolas de Peri estão descarregadas, e aí se esclarece a história do ataque dos índios a Cecília no rio: o índio tinha salvo a vida da moça. Com essa revelação muda tudo

de novo: Cecília pede para Peri ficar, D. Antônio pede para Peri ficar e até dona Lauriana se junta ao coro. Até Aires, com que Peri fizera uma brincadeira, amarrando-o com cipó, se reconcilia com o *"maldito bugre"*. Nessa mesma tarde, numa conversa com Cecília, Isabel confessa que ama Álvaro. Cecília rapidamente promove um encontro entre Isabel e o jovem cavaleiro. De repente Isabel se dá conta de que a prima a obrigara a aceitar um presente — um bracelete — que na verdade o rapaz trouxera para ela, Cecília. O que a deixa extremamente constrangida. Álvaro quer saber o que está havendo e a moça, em prantos, acaba confessando: ama-o. Ele diz que a ama também, mas como irmão.

— A desculpa clássica do cara que não quer se envolver — comentou Rô.

— E que às vezes também é usada pelas mulheres — contrapôs Aníbal, que não perdia oportunidade para hostilizar a ex-namorada.

— Isabel — prosseguiu Severo — conta como nasceu sua paixão por ele: *"Sabeis o que eu sou; uma pobre órfã que perdeu sua mãe muito cedo e não conheceu seu pai. Tenho vivido da compaixão alheia; não me queixo, mas sofro. Filha de duas raças inimigas, devia amar a ambas; entretanto minha mãe desgraçada fez-me odiar uma, o desdém com que me tratam fez-me desprezar a outra. Assim isolada no meio de todos, alimentando apenas o sentimento amargo que minha mãe deixara no meu coração, sentia a necessidade de amar... Não sei quando, não sei como comecei a amar-vos — em silêncio".*

Em silêncio ficamos nós também, por um bom tempo. A confissão de Isabel, que Severo tinha lido muito bem — era um narrador nato, ele — nos impressionara. Mesmo Rô, de quem deveríamos esperar um comentário qualquer, estava quieta. E o Cacique, que provavelmente conhecia aquele tipo de conflito, estava sentado, imóvel, impassível.

Severo retomou a narrativa:

— Ainda abalado com a conversa, Álvaro sai a caminhar. Uma flecha vem cravar-se perto dele; é de Peri. Outra flecha crava-se mais adiante, e depois outra: Álvaro depreende que Peri quer guiá-lo para algum lugar.

— Mas se queria guiá-lo — perguntou Pedro — por que não chegou perto do cara e disse: Álvaro vamos até ali?

— Com esta mensagem de flechas há mais suspense — sugeriu Aníbal. — Já vimos que o Alencar é fã desses truques.

— Pode ser — disse Severo. — Mas então: Álvaro encontra Peri, que lhe aponta três vultos. São os inimigos brancos, diz, e desaparece. Àquela altura, Loredano e os cúmplices já resolveram: vão atacar a casa no dia seguinte, com ajuda de cúmplices: Rui conta com oito homens, Bento, com sete. Podem liquidar os homens fiéis a D. Antônio. Esta é a conversa que Peri ouviu e que o fez procurar D. Álvaro. Chegou a pensar em matar os três; nesse momento ouviu a voz de Cecília, e, para não assustar a moça, optou por não disparar as flechas. Álvaro ouve a história, mas não pode acreditar em conspiração. Mas concordam em uma coisa: defenderão Cecília até o fim. Peri sai dali e encontra Cecília. Que tem um projeto: *"Ceci vai te ensinar a conhecer o Senhor do Céu e a rezar também... Quando souberes tudo isto, ela bordará um manto de seda para ti; terás uma espada e uma cruz no peito".*

— Queria transformar o bugre num cruzado — disse Pedro. Dando-se conta da gafe, voltou-se para o Cacique: — Desculpe, amigo. Não quis ofender você com essa coisa de bugre. Desculpe.

— Já estou acostumado — disse Cacique, seco. — Liga não, cara.

Notando que todos tínhamos ficado em silêncio — constrangido silêncio —, estrilou:

— Que é isso, gente? Não sou tão sensível assim. Continuem, por favor.

Severo voltou à história:

— *"Peri precisa de liberdade para viver"*, é a resposta do índio, o que deixa Ceci irritada: *"Não fazes o que Ceci pede? Pois Ceci não te quer mais bem, nem te chamará mais seu amigo"*. Desconsolado, Peri afasta-se, e com isso termina a segunda das quatro partes do livro.

A notícia de que tínhamos chegado à metade de O Guarani nos animou — mas gerou uma certa ansiedade: afinal de contas nosso objetivo, naquele momento, era selecionar uma cena do livro e adaptá-la para vídeo. Mas qual cena? Começamos a discutir o assunto, baseados no que já sabíamos da história, e logo constatamos que não seria fácil chegar a um acordo. Aníbal achava que Loredano era um personagem forte; a passagem em que ele, ainda frei, descobre o segredo das minas parecia-lhe muito boa.

— Mas você é machista, cara — protestou Rô. — Nessa cena não há mulher alguma. Eu vejo Isabel como fundamental. O conflito dela é o conflito do Brasil, gente, é um conflito de identidade.

Para Pedro e Cecília, a figura de Peri era indispensável, o que também era minha opinião. Severo e tia Amélia não queriam opinar — isso é coisa de vocês, a gente não vai se meter — e quanto ao Cacique, bom, não era muito falante, ele. Depois de muito debate, sem conclusão, resolvemos interromper para o almoço. Propus que fôssemos a uma lanchonete ali perto; não me parecia justo abusarmos da hospitalidade do Severo. Mas Cecília tinha uma surpresa. Com a ajuda da empregada, havia preparado um prato para nós:

— Risoto de frutos do mar. É a minha especialidade.

De novo almoçamos no jardim. Mas agora havia uma novidade: Cecília já não estava sentada perto de Aníbal, e sim do Cacique. Falava animadamente, rindo muito. O rapaz parecia interessado. Em dois ou três momentos até sorriu, o que, no caso dele, parecia uma coisa extraordinária — e fez aumentar os meus maus pressentimentos: Aníbal provavelmente não toleraria uma nova frustração. Depois da dolorosa ruptura com a Rô, tinha alimentado expectativas em relação a Cecília; se essas expectativas fossem infundadas — como pareciam ser — o coitado sofreria muito.

Sentada a meu lado, tia Amélia notou minha preocupação, e segredou-me:

— Se o seu amigo Aníbal está alimentando ilusões a respeito de Cecília, é melhor ele tomar cuidado. Ela é uma ótima menina, mas troca de namorado como troca de roupa. Esse Cacique está na alça de mira dela hoje. Amanhã pode ser outro.

Eu não podia acreditar: Cecília, a angelical Cecília, era de trocar namorados como quem troca de roupa? Mas, enfim, àquela altura eu já sabia que aparências enganam. De mais a mais, nada tinha a ver com o assunto: aquilo era questão pessoal. Além disso precisávamos pensar no vídeo.

Que tínhamos de tocar de uma vez. Pedro descobrira, por um amigo, que Toninho já estava fazendo gravações numa antiga fazenda colonial, com um elenco de primeira — três atores conhecidos do teatro amador, sem falar numa enorme equipe de apoio, que ia desde maquiadores até iluminadores. Estavam trabalhando dia e noite.

Ou seja: não podíamos perder mais tempo. Felizmente, estávamos evoluindo: àquela altura todos já tinham lido o livro (menos o Cacique: não sou muito chegado à leitura, disse, prefiro ouvir) de modo que podíamos substituir o Severo — que aliás, naquela terça-feira de Carnaval, estava de cama: nada sério, problema de coluna, mas tinha de ficar em repouso. Decidimos que nos revezaríamos na apresentação do texto, cada um resumindo vários capítulos.

Não era tarefa fácil. Nas duas últimas partes do livro a narrativa de Alencar torna-se frenética. Duplo perigo ameaça a família e seus agregados: Loredano e seus capangas, e os aimorés que vão atacar a qualquer momento. D. Antônio resolve mandar o filho ao Rio, em busca de reforços. A pedido dele, D. Álvaro escolhe quatro homens para acompanhar D. Diogo. O quarto é Loredano, que, pretextando doença, recusa-se a ir: teme que sua conspiração seja descoberta. Álvaro não cede, e Loredano é obrigado a partir. Vendo passar os quatro cavaleiros, Peri vai ter com Álvaro e conta sobre a conspiração de Loredano, Rui Soeiro e Bento Simões.

Enquanto isso, a casa vai sendo fortificada pelos homens de D. Antônio de Mariz; outros seis, avisados por D. Diogo, vêm se juntar a eles. E ali está o mestre Nunes, aquele que um ano antes hospedara o frei Ângelo di Luca, depois Loredano — e que depois revelará ao escudeiro Aires o segredo do falso frade.

Às onze da noite um vulto surge na esplanada: é Loredano, que abandonou D. Diogo e voltou para executar o plano. Rui Soeiro já tomou providências: os cúmplices, que, no alpendre que serve de dormitório comum, se fingem adormecidos, esperam só uma palavra de ordem para assassinar os homens fiéis a D. Antônio. Molhos de palha espalhados pela casa esperam só a faísca que ateará fogo a tudo.

Antes de mais nada, Loredano quer Cecília. Ajudado por Rui Soeiro, coloca uma tábua que, atravessando o despenhadeiro, vai até o quarto da moça. Equilibrando-se por ali — mais um suspense de Alencar —, o bandido consegue chegar à janela, abre-a e pula. E aí, visão maravilhosa: *"Cecília dormia envolta nas alvas roupas do seu leito; sua cabecinha lou-*

ra aparecia entre as rendas finíssimas sobre as quais se desenrolavam os lindos anéis de seus cabelos... com a ondulação que a respiração branda imprimia ao seu peito, desenhavam-se sob a lençaria diáfana os seios mimosos". Loredano estende o braço, e nesse momento, zás, uma seta atravessa-lhe a mão e crava-se na parede, imobilizando-o.

Peri, claro.

Movendo-se silenciosamente pela casa, ele se tinha dado conta da conspiração: homens deitados, supostamente adormecidos, mas de punhal na mão; montes de palha em vários lugares. De imediato tomara precaução para evitar incêndio, abrindo as torneiras dos grandes recipientes de água existentes no alpendre e molhando a palha. Ao fazê-lo, encontrara Rui Soeiro — e sem cerimônias o havia degolado. Bento Simões tivera semelhante destino: fora estrangulado.

Ao descobrir o corpo de Bento Simões, Loredano fica transtornado. Mostra o cadáver aos homens, mostra a sua mão ferida: *"Há nesta casa uma víbora, uma serpente que nós alimentamos no nosso seio e que nos morderá a todos com o seu dente envenenado!"* Os aventureiros querem saber de quem está falando. *"E não adivinhais? Quem nesta casa pode desejar a morte dos brancos, a destruição de nossa religião? Quem, senão o herege, o gentio, o selvagem traidor e infame?"*

— Eu gostaria de perguntar uma coisa ao meu amigo Cacique — disse Rô, interrompendo a narrativa, naquele momento a cargo de Cecília. — Como é que você se sente, cara, ouvindo essas coisas sobre um índio?

Cacique não respondeu de imediato. Baixou a cabeça e ficou pensando uns instantes. Quando nos fitou — e fitou-nos a todos — tinha os olhos cheios de lágrimas:

— Isso foi o que minha gente sempre ouviu: éramos os selvagens, os traidores, os infames, tudo o que queríamos era a morte dos brancos. E por causa disso eles nos liquidavam.

Vocês precisavam ouvir as histórias que a minha gente contava, quando eu era criança. Uma vez apareceram uns brancos por lá, isso foi lá por 1930. Queriam as terras. Tentaram expulsar a tribo. Como não conseguiram, espalharam nas trilhas da floresta roupas de doentes de varíola. Varíola não existe mais, mas naquela época era uma praga, e os índios não tinham resistência nenhuma contra ela. Vestiam as roupas, adoeciam e morriam como moscas. Índio, para aqueles caras, era como a floresta. Assim como eles queimavam as árvores, matavam os índios. Lá pelas tantas, índio deixou de ser perigo; e aí começou a gozação. Índio agora quer dizer ingênuo, bobo. Quer dizer: ou nos liquidam de um jeito, ou nos liquidam de outro.

Quando ele terminou de falar ficamos todos em silêncio.

— Tive uma ideia — disse o Pedro, finalmente. — Não sei que cena a gente vai escolher, mas provavelmente o Peri terá de figurar nela. A minha ideia é a seguinte: vamos mostrar o herói do Alencar, o índio bonito, corajoso, generoso, mas vamos mostrar também como vive o índio hoje em dia.

— Como? — perguntou Aníbal.

— Combinamos imagens reais, tipo documentário, com *O Guarani*. Imagens das aldeias indígenas de hoje, claro. Essas coisas tristes que a gente vê no jornal e na tevê.

Era uma grande ideia, e nos emocionou a todos. Mas Cecília tinha uma dúvida:

— Mas onde é que vamos gravar as imagens de índios?

— Não tem problema — disse Aníbal. — Parece que o pai do nosso amigo Cacique é funcionário da Funai. Ele pode nos levar até um acampamento indígena.

Rô e eu nos olhamos. Claro, Aníbal não podia saber dos problemas que o Cacique tinha com o pai — problemas que obviamente colocavam o rapaz numa posição difícil. Mas, para nossa surpresa, ele topou:

— Deixem comigo. Eu falo com o meu pai. Amanhã mesmo dou uma resposta para vocês.

— Tem mais uma coisa. — Agora era a Cecília que se dirigia a ele. — Nós falamos que o Peri vai aparecer em cena, mas ainda não sabemos: você topa fazer o papel?

Ele a olhou — e, para mim, era um olhar evidentemente apaixonado:

— Topo. Se vocês me ajudarem, eu topo.

Ela abraçou-o, e todo mundo estava contente; todos menos, claro, Aníbal, que a custo procurava dissimular a mágoa. Levantamo-nos para esticar as pernas, eu aproveitei, me aproximei dele, segredei-lhe:

— Fica firme, cara. Não é o fim do mundo.

— Eu sei — suspirou ele. — Eu sei que não é o fim do mundo. Mas estou cansado de levar na cabeça, sabe, Tato? Estou cansado. É a Cecília, é o meu pai... Muita porrada, cara. Muita porrada.

Optou por sorrir:

— Deixa pra lá. Nasci azarado mesmo, o que é que se vai fazer? Vamos voltar para o Alencar, que é melhor.

Antes disso eu tinha de visitar o dono da casa — uma questão de cortesia. Subi as escadas fui até o andar de cima, bati à porta do quarto dele.

— Entre — foi a resposta.

Entrei. Severo estava deitado. Ao lado dele a Cecília — e minha tia Amélia. Perguntei como estava.

— Melhor — foi a resposta. Fez um gesto com a cabeça:
— Graças a sua tia. A Amélia é uma grande enfermeira. Cada vez que fico doente ela vem aqui cuidar de mim.

— Ela podia cuidar de você sempre — disse Cecília, e para mim: — Caso você não saiba, o meu pai e a sua tia tem um caso há anos. Eu já disse que ela deveria mudar para cá, mas não querem. Casal moderno, sabe, Tato? Cada um em sua casa.

— Isto não é de sua conta, Cecília — disse Severo, bem-humorado.

— Claro que é. Desde que mamãe morreu, você vive sozinho. A Amélia cuida de você, mas não mora conosco. Daqui a pouco estou levantando voo... e aí, como é que vai ser?

— Deixe seu pai — interveio Amélia. — O coitado precisa descansar. Escutem: por que vocês não voltam para *O Guarani?*

Era o que tínhamos de fazer. Sob o protesto de Cecília:

— Em pleno Carnaval, todo mundo se divertindo, nós trabalhando. Bota maluquice nisto.

· 10 ·

De como a tragédia se abate sobre a casa de D. Antônio, sem comprometer, contudo, a brava equipe que está tentando transformar esta saga em vídeo e que lutará até o fim para consegui-lo

Era a vez de Aníbal continuar a narrativa. Sacando do bolso umas folhas de papel, anunciou:

— Vocês me desculpem, mas não sou muito bom para falar. Escrevendo me saio melhor; pelo menos é o que dizem os meus professores... Então escrevi, e peço licença para ler. Tudo bem? Vamos lá, então.

Eis o que ele leu:

"Os homens resolvem procurar D. Antônio; querem que o cavalheiro lhes entregue Peri. Antes que o façam, o próprio D. Antônio, a quem Aires tinha contado o segredo de Loredano, vem a eles. Enfrenta os homens revoltados com tranquilidade; ameaçam-no com adagas, mas não têm coragem de atacá-lo. Vendo que a situação está a perigo, Loredano toma a iniciativa; ergue a faca; D. Antônio abre o gibão, expondo o peito; Loredano vacila, D. Antônio abate-o com um murro. Os homens recuam, D. Antônio anuncia a sua decisão: será enforcado. Pouco depois, quatro dos rebeldes anunciam-se arrependidos, e querem defender a casa. Os aventureiros res-

tantes — vinte e tantos homens, contra os treze de D. Antônio de Mariz — dirigem-se à casa para o assalto final. De repente, um deles cai, varado por uma flecha. O que eles veem é aterrorizante: *"Homens quase nus, de estatura gigantesca e aspecto feroz, cobertos de peles de animais e penas amarelas e escarlates, armados de grossas clavas e arcos enormes, avançavam, soltando gritos horríveis".*
São os aimorés.

Situação desesperadora. Mas resulta em algum benefício, pelo menos imediato: estabelece-se uma trégua entre os aventureiros de Loredano e os defensores da casa. Mais: naquele ambiente de angústia nasce um súbito romance entre Isabel e Álvaro. Tudo começa quando Isabel abre a janela — correndo risco, portanto — para ver se Álvaro está bem, o que o deixa alarmado e comovido:

'— *Por que expondes assim a vossa vida?*

— *Que vale a minha vida, para que a conserve? Tem ela algum prazer, alguma ventura, que me prenda? De que serviria a existência, se não fosse para satisfazer um impulso de nossa alma? A minha felicidade é acompanhar-vos com os olhos e com o pensamento... Vós me estimais talvez como irmão, mas fugis de mim, e tendes receio que Cecília pense que me amais; não é verdade?*

— *Não, tenho receio, tenho medo... Mas é de amar-vos! Sabeis que amo Cecília; mas ignorais que prometi a seu pai ser seu marido. Enquanto ele por sua livre vontade não me desligar de minha promessa, estou obrigado a cumpri-la. Quanto ao meu amor, este me pertence, e só a morte pode me desligar dele.*

— *Tendes razão! Só a morte pode desligar de um primeiro e santo amor aos corações como os nossos! Quando se sabe que se pode ser uma causa de desgraça para aqueles que se estima, melhor é desatar o único la-*

ço que nos prende à vida do que vê-lo despedaçar-se. Não dizíeis que tendes medo de amar-me? Pois bem, agora sou eu que tenho medo de ser amada.

— Isabel! Se me tendes alguma afeição, não me recuseis a graça que vou pedir-vos. Repeli esses pensamentos! Eu vos suplico!

— Vós me suplicais?... Me pedis que conserve esta vida que recusastes!... Não é ela vossa? Aceitai-a, e já não tereis que suplicar!

O olhar ardente de Isabel fascinava; Álvaro não se pôde mais conter; ergueu-se, e reclinando ao ouvido da moça, balbuciou:

— Aceito!"

— Está aí uma bela cena para o nosso vídeo — disse Rô.
— Apesar de tudo, a Isabel consegue conquistar o Álvaro. Não só as loirinhas glamorosas têm vez. A gata borralheira da casa deu a volta por cima.

— Não sei — apressou-se a dizer Pedro, talvez para evitar que a Cecília comprasse outra discussão. — Essa cena me parece um pouco artificial. Pelo menos na linguagem. "Vós me suplicais"... quem é que fala assim na vida real?

— Não se trata de vida real — ponderei. Eu também queria desviar o papo. — Acho que nem na época de Alencar as pessoas falavam nesses termos. Mas seguramente se emocionavam com o texto. Você já pensou nos leitores do Alencar lendo essa passagem no jornal? Deve ter sido um dilúvio de lágrimas. O que eles procuravam no livro era a vida que imaginavam, a vida idealizada.

— Como a novela de tevê.

— É. Como a novela de tevê. Por isso a trama é tão complicada.

— Ao menos — disse Rô — a virada na história teve uma vantagem: finalmente a Isabel teve uma chance. Criou coragem, disse o que tinha de dizer, fez Álvaro assumir o sentimento dele. Gostei. Gostei mesmo.

Aníbal continuou a leitura:

"Na casa cercada, Loredano segue tramando, agora com Martim Vaz, que se tornou seu braço direito depois que Peri liquidou Rui Soeiro e Bento Simões. O plano dele é introduzir-se na sala, aquela grande sala da casa, e liquidar D. Antônio, Álvaro e Aires Gomes. O problema é a porta, a maciça porta de jacarandá: trancada, ninguém passa por ela. Loredano, porém, constata que a parede, embora de tijolos, é fraca; é só tirar a viga de madeira que lhe serve de base e pronto, vem tudo abaixo.

Peri também faz planos, mas para salvar os habitantes da casa. Anuncia a Álvaro que vai em busca de socorro. Cecília pede que ele fique; desobedecendo a ela e a D. Antônio, ele salta pela janela e desaparece.

No campo, os aimorés preparam o ataque decisivo: usarão flechas incendiárias para destruir a casa. De repente, quem surge na frente deles?

Peri.

'Altivo, nobre, radiante da coragem invencível e do sublime heroísmo de que já dera tantos exemplos, o índio se apresentava só, em face de duzentos inimigos fortes e sequiosos de vingança.'

Espada em punho, liquida aimorés aos quilos; lá pelas tantas, cansa, e o chefe aimoré avança para ele, de clava erguida, mas Peri, num golpe rápido, corta-lhe a mão fora.

E depois se ajoelha, pedindo clemência.

É parte de um plano. Ele quer que os aimorés o aprisionem. E, depois, que o matem e o devorem; antes disto, porém, ele terá ingerido curare, violento veneno que o pai lhe deu. Os aimorés morrerão com ele".

Era tão dramática a leitura que Aníbal fazia que nós todos estávamos imóveis, de respiração suspensa. E aí um sobressalto: o sino soou. Cecília foi até lá, voltou como se tivesse visto um marciano:

— É uma visita para você, Aníbal.

Ficamos todos pasmos. O homem que entrara na sala — de meia-idade, alto, elegante, com uma bela barba grisalha, óculos escuros levantados para a testa, aquele homem todos nós conhecíamos: tratava-se do ator Cássio Marques, pai de Aníbal. Do Aníbal, que a meu lado olhava-o, imóvel, paralisado pela emoção. Foi Cássio quem, sorrindo, rompeu o silêncio:

— Tudo bem, filho? Estou aqui porque sua mãe disse que vocês estão gravando um vídeo para um concurso, e eu achei que talvez pudesse ajudar.

Olhei para Aníbal. Estava emocionado, o meu amigo, muito emocionado; na verdade, eu nunca o vira tão emocionado, com os olhos úmidos. Durão como era, contudo (e como se orgulhava de ser) controlou-se, e disse, numa voz que se esforçava por ser natural:

— Gente, quero apresentar a vocês o meu pai. Ele...

Aí a emoção o venceu; não conseguiu terminar a frase. Cássio percebeu, resolveu intervir:

— Deixa pra lá, filho, vamos ao que interessa. Eu vim aqui, gente, para ajudar vocês no que estiver ao meu alcance. Por favor, considerem-me um de vocês. Sentem e me expliquem o que estão fazendo.

Sentamo-nos todos. Ainda intimidado com a presença daquele homem tão famoso, falei sobre o concurso, contei que estávamos discutindo o livro, em busca de uma cena que pudesse ser adaptada para o vídeo.

— Acho que vocês estão no caminho — disse Cássio, depois de nos ouvir. — Afora um ou outro conselho, provavelmente nem precisarão de minha ajuda. De qualquer modo, e se estão de acordo, quero acompanhar o trabalho.

Sorriu para o Aníbal:

— E ficar junto do meu filho, claro.

Voltou-se para nós:

— Mas não se importem comigo. Continuem o que estavam fazendo.

Aníbal pegou o seu manuscrito. Olhou para nós, olhou para o pai, sorriu, continuou a leitura:

"Os índios fazem Peri prisioneiro. De acordo com a tradição, lhe dão a chamada *'esposa do túmulo'* — uma bela moça que, explica Alencar, deve alimentar o prisioneiro e *'embelezar os últimos momentos de sua vida'*. Não demora muito, a índia está apaixonada por Peri. Liberta-o e quer partir com ele.

Enquanto isso, o medonho Loredano continua tramando. O problema que ele discute com os capangas mais chegados é o seguinte: depois de matar D. Antônio e a família — à exceção de Cecília, que já considera propriedade privada — é preciso escapar dos índios. Como fazê-lo? Propõe que o bando se divida em dois grupos, para atacar os índios de diferentes lugares. Só que o grupo dele, Loredano, não atacará ninguém; vai é fugir. Mas trata-se de traição, protesta um dos homens, ao que Loredano retruca: *'A morte de uns é necessária para a vida dos outros; este mundo é assim, e não seremos nós que o havemos de emendar'*.

Em seguida vão derrubar a parede, conforme previamente combinado. Um dos bandidos pondera que, do outro lado, está o oratório, com as sagradas imagens dos santos. Loredano, embora ex-frade, não quer conversa: para ele é apenas *'um fragmento de madeira e um pouco de argila'*.

Peri, tendo recusado o oferecimento da índia apaixonada, vai ser morto pelos aimorés. Conduzem-no ao centro do terreiro; os guerreiros desfilam ao redor dele, entoando o canto da vingança e bebendo o cauim oferecido pelas moças da tribo. De repente, silêncio: surge o velho cacique.

'*Um grande cocar de penas escarlates ondeava sobre sua cabeça e realçava-lhe a grande estatura. Tinha o rosto pintado de uma cor esverdeada e oleosa e o pescoço cingido de uma coleira feita com as penas brilhantes do tucano; seus olhos brilhavam como dois fogos vulcânicos no meio das trevas. Trazia na mão esquerda a tangapema coberta de plumas resplandecentes:*

— Guerreiro goitacá, tu és prisioneiro; tua cabeça pertence ao guerreiro aimoré; teu corpo aos filhos de sua tribo; tuas entranhas servirão ao banquete da vingança. Tu vais morrer.'

Solto, Peri cobre o rosto com as mãos — um gesto interpretado como sinal de medo pelos aimorés; na verdade, porém, ele está ingerindo curare. O cacique ergue no ar a arma, mas, como nos filmes de faroeste, nesse exato momento ouve-se um tiro e ele cai, morto. Álvaro precipita-se, corta os laços que prendem Peri; seguem-nos Aires Gomes e mais dez homens, que, com arcabuzes e espadas, liquidam índios às dezenas. Para surpresa de Álvaro, Peri não quer fugir; obviamente quer seguir o seu plano, deixando-se devorar pelos inimigos que assim morrerão envenenados pelo curare. Enquanto discutem, um aimoré dispara contra Peri uma flecha — flecha esta que a índia apaixonada recebe por ele. Por fim Peri concorda em fugir com Álvaro e seus homens. Aí conta que tomou curare, e mais, que botou o veneno na água dos rebeldes de Loredano. Ao chegarem à casa ele mostra sinais de envenenamento, '*seus traços nobres alterados por contrações violentas, o rosto encovado, os lábios roxos, os cabelos eriçados*'. Vendo Cecília desesperada, pergunta:

'— *Tu queres que Peri viva, senhora?*

— *Sim!... — respondeu a menina suplicante. — Quero que tu vivas!*'

Peri não pode recusar um pedido de Ceci, e vai em busca do antídoto. Enquanto isso, Loredano e seus capangas terminavam de derrubar a parede e, em meio a uma nuvem de pó, entram na sala, para o massacre final.

'Recuaram, porém, lívidos e trêmulos, horrorizados diante da cena muda e terrível que se apresentava aos seus olhos espantados. No meio do aposento, via-se um desses grandes vasos de barro vidrado, feitos pelos índios, e que continha pelo menos uma arroba de pólvora. De uma abertura que havia nesse vaso corria um largo trilho de pólvora, que ia perder-se no fundo do paiol, onde se achavam enterradas todas as munições de guerra do fidalgo.'

As pistolas de D. Antônio e de Álvaro estavam apontadas para o vaso de pólvora.

Por um instante ficam todos imóveis; e aí chegam Aires Gomes e seus homens.

Desta vez é mesmo o fim de Loredano. Segue-se uma discussão sobre que tipo de morte ele deve ter. Chega-se a um consenso: a fogueira, introduzida pela Inquisição para punir os hereges, é o castigo ideal para o ex-frade.

Mas os problemas ainda estão ali. A comida está escassa. Álvaro, acompanhado de alguns homens, vai em busca de alimento.

No dia seguinte, uma surpresa: não há mais sinal dos índios. Os aimorés aparentemente se foram. Só aparentemente; Peri, que revigorado pelo antídoto, volta para casa, encontra na floresta o grupo de Álvaro lutando contra uma centena de aimorés. Peri salta no meio dos inimigos e, usando uma espingarda como porrete, mata montes de aimorés. Depois foge, carregando Álvaro que agoniza: foi golpeado na cabeça. Gesto corajoso, mas Peri está também pensando em Cecília; julga-a apaixonada pelo rapaz.

Quando chega, porém, Álvaro já não dá sinais de vida.

A emoção de Isabel é intensa. A pedido dela, Peri transporta o corpo para um quarto; nesta espécie de câmara nupcial ela se despede de Álvaro. Numa cena que lembra um pouco *Romeu e Julieta,* de Shakespeare, ela vai se matar. Poderia usar o curare que tem guardado junto com os cabelos de sua mãe; mas não, prefere um outro método, estranho e romântico. Acende uma chama e nela queima *'resinas aromáticas, todos os perfumes que dão as árvores de nossa terra: o anime da aroeira, as pérolas do benjoim, as lágrimas cristalizadas da embaíba'*. Sufocada pela fumaça, ela morrerá ao lado do amado. E, então, macabra surpresa: Álvaro, que na realidade não morreu, abre os olhos. Isabel quer escancarar as janelas, quer deixar entrar o ar puro, mas Álvaro puxa-a para si: *'Seus lábios se uniram outra vez num longo beijo, em que essas duas almas irmãs, confundindo-se numa só, voaram ao céu e foram abrigar-se no seio do Criador'*. Morrem os dois — de amor.

Enquanto isso, os aimorés retornam, para o assalto final. Ao mesmo tempo, os aventureiros executam a sentença contra Loredano — queimam-no vivo. Ele morre com *'raiva, cólera e furor'*. Vilão é vilão até o fim".

— Você não gostou do jeito que o Alencar descreveu esse Loredano — observou Pedro.

— Não gostei mesmo — disse Aníbal, mas num tom bem-humorado, que, felizmente, contrastava com o seu ar aborrecido dos dias anteriores. — Se eu pudesse falar com ele, diria: pô, Alencar, dá uma chance para o Loredano, o cara não pode ser tão malvado assim. Mas é como em filme de mocinho: bandido bom é bandido morto. Continuando: convencido de que não há escapatória... de Diogo, nem sinal... D. Antônio prepara-se para o pior. Ele quer salvar a filha e só pode contar com Peri: ele poderia levá-la para o Rio de Janeiro, para a casa da tia. O problema é que o índio não é cristão. Peri decide na hora: quer se converter. D. Antônio batiza-o, dá-lhe o próprio nome. Peri toma nos braços Cecília (adormecida, graças a uma bebida que o pai lhe deu) e escapa, contornando o campo dos aimorés e chegando ao rio. Numa canoa, segue até um rochedo e dali avista o assalto final dos índios. A casa está em chamas, a parede fronteira cai, e ele vê a sala que era *"... um mar de fogo; o vulto majestoso de D. Antônio de Mariz, elevando com a mão esquerda uma imagem do Cristo e com a direita abaixando a pistola"*, pronto a detonar aquela pólvora toda; dona Lauriana, que, no chão, *"abraçava os seus joelhos, calma e resignada"*; Aires Gomes e os poucos homens que restavam; e, finalmente, *"as figuras sinistras dos selvagens, semelhantes a espíritos diabólicos.*

    Um estampido terrível reboou por toda aquela solidão: a terra tremeu, as águas do rio se encapelaram, como batidas pelo tufão.

    Um soluço partiu o peito de Peri, talvez a única testemunha dessa grande catástrofe. Dominando sua dor, o índio vergou sobre o remo, e a canoa voou sobre a face lisa e polida do Paquequer".

· 11 ·
De como Peri e Ceci escapam da tragédia. E, de quebra: a nossa versão para o final da história

O Epílogo, que é o capítulo com o qual Alencar termina o livro, ficou por minha conta. Li aquelas páginas várias vezes; como Aníbal, acabei escrevendo o que ia dizer. A verdade é que eu estava impressionado. Durante toda a narrativa Alencar introduz muitos truques, muitas coincidências, e o final é particularmente pródigo nisso, mas a coisa funciona. O Epílogo é espetacular, é dramático. E é também muito simbólico.

"Com Cecília na canoa, Peri rema toda a noite. Por fim, atraca, desembarca, leva a moça para a terra. Quando ela acorda e se dá conta do que aconteceu, se desespera: *'Por que não me deixaste morrer com os meus?... Pedi-te eu que me salvasses?'* Peri diz que obedeceu às ordens de D. Antônio; conta que foi batizado pelo cavalheiro.

'— *Tu és cristão, Peri?*
— *Sim; teu pai disse: 'Peri, tu és cristão; dou-te o meu nome!'*
— *Obrigada, meu Deus.'*

Nos dias que se seguem, Cecília começa a mirar Peri com outros olhos. Passa a admirar a *'beleza inculta dos traços, a correção das linhas do perfil altivo, a expressão de força e inteligência'*. A essa altura, quer que mude o tratamento para com ela: não mais senhora, mas irmã.

Está se criando algo, claro, mas os planos de Peri são outros: levará Cecília à sua tribo. De canoa, chegarão ao Rio de Janeiro, onde...
  '*— Peri te deixará com a irmã de teu pai.*
  — Deixará!... — exclamou a menina, empalidecendo. — Tu queres me abandonar?
  — Peri é selvagem — disse o índio, tristemente. — Não pode viver na taba dos brancos.
  — Por quê? — perguntou a menina, com ansiedade.
  — Não és tu cristão como Ceci?
  — Sim, porque era preciso ser cristão para te salvar; mas Peri morrerá selvagem como Ararê. Tu és boa; mas nem todos que têm a tua cor, têm o teu coração. Lá o selvagem seria um escravo dos escravos.'

Cecília começa a chorar, e Peri imediatamente se derrete:
  '*— Não chora, senhora. Peri te falou o que sentia. Manda, e Peri fará a tua vontade. Queres que Peri fique contigo? Ele ficará; todos serão seus inimigos; todos o tratarão mal; mas Peri ficará.*'

Aí é Cecília quem muda de ideia:
  '*— Não, não exijo de ti este último sacrifício. Deves viver onde nasceste.*'

Mais adiante, muda de novo, e, num gesto dramático, solta a canoa, que é levada pela correnteza: já não podem seguir para o Rio de Janeiro. Ceci explica a Peri por que fez isso:
  '*— Peri não pode viver junto de sua irmã na cidade dos brancos; sua irmã fica com ele no meio das florestas. Viveremos juntos... Eu também sou filha desta terra; também me criei no seio desta natureza. Amo este belo país!*'

Aí, o imprevisto.

Uma tempestade desaba sobre a serra dos Órgãos. A chuva torrencial engrossa a nascente do rio Paraíba; a massa d'água vem vindo, sob forma de enchente, *'furiosa, invencível'*, levando tudo de roldão, grandes árvores, inclusive. Como na antiga lenda indígena, em que o dilúvio cobre a Terra e só um casal sobrevive, ele leva Cecília para a cúpula de uma palmeira que parecia uma *'ilha de verdura nas águas da corrente'*.

E agora?

Peri resolve arrancar a palmeira:

'Cingindo o tronco nos seus braços hirtos, abalou-o até as raízes. Luta terrível, espantosa.'

As raízes desprenderam-se, a cúpula da palmeira transforma-se numa *'ilha flutuante'*, o refúgio de Peri e Cecília. E eles finalmente se beijam, enquanto:

'A palmeira arrastada pela torrente impetuosa fugia... E sumiu-se no horizonte'."

Terminei de ler, ficou todo mundo em silêncio. Evidentemente tínhamos sido arrastados pela narrativa, como a palmeira de Peri e Cecília tinha sido arrastada pelas águas. Mas claro que a Rô tinha de fazer alguma gozação:

— Custou, hein? Custou! Precisa uma enchente, precisa os dois ficarem nessa palmeira flutuante para acontecer alguma coisa! E mesmo assim ficaram só num beijo... Esse casal para mim não está com nada. Ainda bem que sumiram no horizonte.

— O que é que você quer, Rô ? — Cássio, fazendo sua estreia como debatedor. — É século XIX, menina. Beijo era o máximo que podia aparecer em livro. E bom mesmo era sumir no horizonte: o resto ficava por conta da imaginação do leitor.

— Está aí um bom exercício para vocês — disse Severo, que, já recuperado do problema da coluna, juntara-se a nós.

— Descrever o que aconteceu depois que a palmeira sumiu no horizonte.

Ficamos em silêncio uns instantes, pensando.

— Na minha cabeça — disse Cecília —, a palmeira vai flutuando rio abaixo. Chegam num lugar maravilhoso, já perto do mar, com praias lindíssimas. Ali vive uma tribo de índios. Uma lenda desta tribo diz que um dia chegará, pela água, o cacique poderoso acompanhado de sua bela companheira. Peri é reconhecido como esse cacique, aclamado por todos. Ele e Cecília vivem ali, muito felizes, com vários filhos...

— Em suma — Rô, sarcástica —, o final feliz.

— E daí? — Cecília, irritada. — O que é que você queria? Duplo suicídio, tipo Isabel e Álvaro? O Peri e a Cecília são diferentes.

— Eu sou mais da sátira — disse Pedro. — Na minha versão, a palmeira acaba chegando no Rio de Janeiro, como queria o D. Antônio, e a tia de Cecília acolhe os dois. Não gosta muito do bugre... perdão, Cacique, do índio, mas como a essa altura a Cecília já está grávida...

— Grávida? — Severo, divertido. — Você não deixa por menos, hein, Pedro?

— Não. Não deixo por menos. Viagem longa, você sabe como é: alguma coisa eles tinham de fazer para matar o tempo. Então...

— Espere um pouco. — Agora era tia Amélia que servia de porta-voz para as dúvidas dos adultos. — Você não vai me dizer que eles tinham relações sexuais em cima de uma palmeira que flutuava.

— Não é o ideal — reconheceu Pedro. — Melhor seria o camarote de um transatlântico de luxo. Mas quem não tem transatlântico transa em palmeira flutuante. Eu nunca experimentei, mas acho que com alguma habilidade...

— Mas e daí: o que acontece no Rio?

— Bem, aí o Peri tem de trabalhar. Arranja um empreguinho qualquer, mas não ganha muito, porque é bugre... perdão, Cacique, porque é índio, e índio no mercado de trabalho não está com nada. Cecília reclama, porque não tem mais a boa vida a que está acostumada. A essa altura ela já não é mais a loirinha angelical; engordou, ficou matrona, anda pela casa de roupão e chinelo, com *bobs* no cabelo...
— *Bobs*? No século XIX?
— Ela era muito avançada. Com *bobs* no cabelo, mas reclamando o tempo todo. O Peri se desespera: por que não fiquei na minha tribo? Por que não segui o conselho de minha mãe? Começa a beber...
— Poxa, como você é pessimista em relação ao casamento — disse Rô.
— Estou falando do que vejo por aí — replicou Pedro.
— Não é bem assim — disse Cássio. Uma intervenção que nos surpreendeu: embora se mostrasse gentil, ele costumava nos ouvir sem falar muito. — Essa cena que o Alencar descreve é bem uma metáfora para a união de duas pessoas. Ali está você, com sua companheira, segurando-se precariamente numa palmeira que, como diz o Alencar, é arrastada por uma torrente impetuosa. Às vezes termina bem, às vezes não termina tão bem assim. Vocês sabem, não é segredo, volta e meia aparece nos jornais que eu estou no meu segundo casamento. O primeiro, com a mãe de Aníbal, não deu certo. O segundo pode dar certo ou não. O importante é que as pessoas sejam sinceras e se relacionem entre si de maneira honesta.

Todo mundo aplaudiu, ele agradeceu com uma mesura.
— E você? — perguntei ao Cacique, que como sempre se mostrava calado.

Ele se mexeu na cadeira, obviamente incomodado pela pergunta. Pensou um pouco, e por fim respondeu:
— Não sei, Tato. Acho essa história toda fantasiosa demais. Mas, palavra, eu gostaria que fosse verdade. Gostaria

de ver o Peri chegando em algum lugar com a Cecília e sendo saudado como herói. Na verdade, nem precisaria disso. Se o tratassem decentemente, como um ser humano igual aos outros, já bastaria. A propósito...

Hesitou um instante, continuou:

— Falei com meu pai. Ele está disposto a nos levar amanhã até uma reserva indígena. Acho que vamos ver coisas que o Alencar jamais imaginou.

— Como é que vamos até lá? — perguntou Pedro. — Na palmeira das oito da manhã?

— Antes fosse — disse o Cacique, sorrindo. — Vamos ter de ir no furgão do meu pai, que está caindo aos pedaços. Mas ele garante que chegaremos lá.

· 12 ·

De como encontramos os descendentes de Peri — e, acreditem, muito pouco tinham a ver com o glorioso personagem

Combinamos nos encontrar no dia seguinte na casa do pai do Cacique. Para mim seria uma jornada emocionante. Durante todos aqueles dias eu tinha mexido na câmera: já sabia o manual de cor, já aprendera com o Artur tudo o que ele podia me ensinar; e já tinha gravado muitas coisas, mas tudo tinha sido treinamento. Agora não, agora a coisa era para valer: as imagens que eu gravaria seriam avaliadas por um júri, no qual havia até um diretor de cinema. Enfim, era a minha carreira que podia estar começando.

De manhã fomos para o lugar. Uma casa humilde, num bairro da periferia. O pai do Cacique, José Inácio, já estava lá, junto ao velho furgão. Fisicamente os dois eram muito parecidos, ainda que Cacique fosse bem mais corpulento — mas eram ambos sérios, sisudos mesmo.

José Inácio cumprimentou-nos a todos, cerimoniosamente, anunciou que estava à nossa disposição. Quando íamos embarcar apareceu a mulher, com um recado qualquer — e aí entendemos os problemas de Cacique. Porque ela olhou para nós, desconfiada, e depois para ele, debochada:

— Vejam só quem veio nos visitar. Esse aí só aparece quando está precisando de alguma coisa.

Cacique nem respondeu; virou a cara. Visivelmente constrangido, José Inácio ouviu o que a mulher tinha a lhe dizer, despediu-se, seco, e pediu que entrássemos no furgão. Partimos, e nos primeiros momentos ele estava obviamente aborrecido, mas logo se recuperou e passou a nos explicar o que íamos ver:

— É uma pequena reserva indígena que eu supervisiono. Ali moram umas cem pessoas. Eram mais, mas muitos foram embora, outros morreram. E as condições não são das melhores.

Se pensava que com essa frase estava nos preparando para o que lá encontraríamos, estava enganado. A reserva era muito pior do que podíamos imaginar: umas trinta casinholas de madeira em péssimas condições, mais uma precária construção onde funcionavam a escola e o posto de saúde. Montes de lixo por toda parte, esgoto fluindo a céu aberto, um cheiro nauseante. Quanto aos moradores, deixariam Alencar consternado; homens, mulheres e crianças malvestidos, muitos descalços, com um aspecto deplorável.

— E pensar — disse Pedro — que esses eram os donos do Brasil há quinhentos anos.

Falou por todos nós. Não havia, mesmo, mais o que dizer.

Rodeados por um bando de crianças ranhentas, algumas completamente nuas, fomos até a casa do chefe da reserva. José Inácio explicou o que vínhamos fazer.

— Tudo bem — suspirou o homem, com um carregado sotaque. — Filmar, já nos filmaram bastante. Ajuda é que não vem. Falta remédio, falta comida, falta tudo.

Confesso que me senti envergonhado de estar ali. Eu, bem-vestido, bem alimentado, no meio de gente com problemas de sobrevivência. Mas eu tinha uma câmera na mão, e se pudesse usar aquela câmera para mostrar as condições deprimentes da aldeia — bem, alguma coisa já teria feito.

* * *

    Ajudado por Pedro e Aníbal, fui gravando várias cenas. De repente, sentia-me empolgado. Não apenas por estar, enfim, realizando meu sonho; não, eu estava cumprindo uma missão. "Filmar, já nos filmaram bastante"? Talvez. Mas eu queria fazer uma coisa diferente. Eu queria dar um sentido àquilo que estava sendo gravado no teipe. Pedro e Aníbal pareciam ter o mesmo propósito: ambos andavam de um lado para o outro, grava esta imagem, Tato, este ângulo é impressionante, Tato. Quanto a Cecília e Rô, conversavam com um grupo de mulheres indígenas, Cecília com uma criança no colo, Rô tomando notas. Só o Cacique estava a distância, observando-nos. Não dizia nada, mas parecia grato pelo que fazíamos.
    Pelas três da tarde terminamos e fomos embora. Íamos em silêncio, mas emocionados todos.
    — Tenho um título para o nosso vídeo — disse Pedro, de repente. — "Câmera na mão, *O Guarani* no coração." Que acham?
    "Câmera na mão, *O Guarani* no coração": era aquilo mesmo. Estávamos chegando à reta final.

    Já tínhamos o título, já tínhamos as imagens introdutórias, mas faltava o principal: que cena do livro gravaríamos? Voltando para a casa de Severo, passamos o resto daquela tarde e boa parte da noite discutindo o assunto. Cada um tinha uma opinião; todos concordávamos em que Peri deveria aparecer, mas quem contracenaria com o Cacique? Rô continuava achando que a figura de Isabel era importante, Aníbal estava fixado em Loredano, Cecília achava um absurdo que se excluísse Ceci. Mas foi Pedro — a verdade é que ele entendia mesmo de cinema, é o único que hoje em dia continua nesta atividade, dirigiu vários filmes — quem matou a charada.

— Vamos gravar a cena final do livro — disse. — Peri e Ceci sobre a palmeira.

Antes que Rô e Aníbal protestassem, acrescentou:

— Mas vamos acrescentar outras imagens, imagens estas que Ceci evocará enquanto a palmeira se afasta. Pode ser Loredano queimando na fogueira, pode ser Isabel olhando os cabelos da mãe, pode ser D. Antônio no momento do ataque final dos índios... Que acham?

Era a solução que buscávamos. Ajudado por todos, escrevi rapidamente o roteiro. No momento em que concluíamos, dez da noite, apareceu Cássio:

— Tenho duas boas notícias para vocês. A primeira: consegui roupas para todos os personagens. Um amigo meu que aluga vestes de época está disposto a emprestar, sem custos para vocês. A segunda: vocês são meus convidados, todos jantam comigo.

— Que pai, hein? — disse Rô. — Fale mal de seu pai agora, Aníbal! Fale mal, quero ver!

Aproveitei o bom astral e mostrei-lhe o roteiro. Leu atentamente, aprovou:

— Ótimo. E se Severo não quiser fazer o papel do D. Antônio, contem comigo.

Fez um gesto de comando:

— E agora — sigam-me os que querem comer bem!

· 13 ·
De como Peri e Ceci navegam na palmeira, indo ao encontro de nossos sonhos

O dia seguinte teria de ser dedicado à tomada de todas as cenas. E a mais difícil, obviamente, era a de Peri e Ceci sobre a palmeira. Mas eu já tinha bolado uma solução.

Não longe da casa de Severo ficava a represa de Guariboca, uma grande extensão de água que poderia simular perfeitamente o rio em cheia. Era um dia de sol, ótimo para uma gravação, e para lá dirigimo-nos todos, na elegante *van* de Cássio. Amarrada no teto, ia uma palmeira que o Cássio ("O que eu não faço por vocês, hein?") conseguira no estúdio de tevê. Tratava-se de uma palmeira de plástico, claro, mas imitava perfeitamente uma palmeira verdadeira, com a vantagem de ser muito leve e portanto flutuante; além disso, nos poupava do crime ecológico que seria cortar uma palmeira de verdade.

Depois de procurar um pouco, achamos na represa o lugar ideal. A profundidade ali era de uns três, quatro metros. A ideia era amarrar uma pedra grande na base da palmeira e ocultar, entre as folhas, algumas boias, que eu tinha previamente arranjado; mergulhada na água, ela ficaria em posição vertical, só as folhas emergindo. Cacique faria o esforço descrito por Alencar — mas quem soltaria a palmeira de suas raízes, isto é, da pedra a que ela estava amarrada, seria o Pedro, excelente mergulhador. Com a ajuda de uma lancha — havia várias para alugar, no local — e puxada por uma corda oculta sob a água, a palmeira se deslocaria, teoricamente rumo ao horizonte de Alencar.

Gastamos muito tempo na preparação, inclusive para vestir os dois. Como descreve Alencar, Peri estaria usando uma túnica de algodão, amarrada à cintura com uma faixa de penas escarlates; e Cecília um vestido de época. Camarim não existia, de modo que os dois prepararam-se dentro da *van*. Ficaram ótimos. O Cacique, então, deu um guarani perfeito.

A coisa funcionou muito bem, mas o Pedro, claro, tinha de fazer uma sacanagem: mergulhou e sumiu. Não havia jeito de aparecer. Eu ia me atirar na água, atrás dele, quando ouvimos um risinho: o safado estava oculto entre as folhas da palmeira.

A cena saiu ótima. Voltamos então para a casa de Severo e, naquele mesmo dia, gravamos, em rápida sucessão, todas as outras cenas. Loredano-Aníbal sendo queimado ficou perfeito: torcia-se como um demônio entre as chamas — bem distantes dele, na realidade, porque pusemos a fogueira longe e eu filmei por trás do fogo ("De outra vez gravem essa cena com os bombeiros por perto", observou tia Amélia, que mesmo assim se preocupara). Muito bonita ficou também a cena de Isabel (Rô) e Álvaro (Pedro) no leito de morte: era de dar inveja ao Shakespeare de *Romeu e Julieta*. Severo com a pistola apontada para o barril de pólvora estava convincente, mas tia Amélia, como Lauriana, atrapalhou um bocado — a toda hora começava a rir. Quando terminamos, tínhamos material mais que suficiente para montar um belo vídeo. Agora era proceder à montagem, colocar letreiros, mas isso tudo eu faria sozinho, nos três dias que nos restavam, ajudado por um técnico indicado pelo Cássio. Quanto à trilha sonora, não havia mistério: recorreria à ópera de Carlos Gomes, *O Guarani*, uma obra que já em 1870 projetava o compositor de Campinas no cenário mundial e que daria à cena o clima dramático que eu pretendia, um pouco ao estilo das óperas italianas que haviam influenciado o próprio Carlos Gomes.

Naquele domingo, todos vestidos como os personagens de Alencar, almoçamos juntos pela última vez, no jardim de Severo. Estávamos felizes por termos cumprido a tarefa dentro do prazo; ao mesmo tempo, sentiamo-nos melancólicos: durante todos aqueles dias tínhamos convivido intensamente; agora chegava o momento da separação. Claro que não era uma separação definitiva, mas de qualquer modo voltávamos para as nossas atividades habituais, para a companhia de outras pessoas. O certo é que sentíamos necessidade de falar, de botar para fora as nossas emoções. Pedro começou:

— Gente, foi uma glória passar com vocês estes dias. Não sei se vamos ganhar o prêmio, mas que gostei, gostei mesmo.

Fez-se um silêncio comovido que ele se encarregou de romper:

— Fale você, Aníbal.

— Que posso dizer? — Aníbal, sorridente. — Graças a *O Guarani* reencontrei meu pai. Preciso de mais alguma coisa?

— Precisa que o seu Loredano convença os jurados — disse Cássio, abraçando o filho. E para nós: — Pessoal, foi um prazer conhecer vocês. Voltei aos meus velhos tempos de teatro amador, voltei aos sonhos da minha juventude... Como o Pedro aqui disse, talvez vocês ganhem, talvez não: parece que há um concorrente muito forte. Mas para mim vocês já são vitoriosos. Vocês acreditam no que fazem. E isso é uma vitória. A propósito: de pai para pai, quero agradecer aqui ao Severo. Você foi um grande anfitrião, Severo. E contou muito bem *O Guarani*. Se o Alencar escolhesse um representante aqui na terra, seria você.

Todo mundo riu. Aí entrou a Cecília:

— Falando em anfitrião, esta casa já não ficará tão vazia...

— Voltou-se para tia Amélia. — Posso falar, Lauriana?

— Claro que pode. — Tia Amélia riu. — O pessoal ia saber de qualquer jeito.

— Então: a partir de amanhã Amélia muda-se para cá. Meu pai vai ter de comprar uma cama de casal, mas em compensação Amélia já não precisará fazer visitas na calada da noite. E eu vou ganhar uma mãe.

— E o nosso amigo Cacique? — perguntei. — Gostou do grupo?

— Ele gostou da Cecília — interrompeu o Pedro. — Meu palpite é que eles estão só esperando uma palmeira passar ali no rio para desaparecerem na curva.

— Não se meta — disse Cecília. — Nós ainda estamos conversando.

— Você tem alguma coisa a dizer, Cacique? — perguntei.

Ele hesitou.

— Eu não sou de muitas palavras, vocês sabem. Mas uma coisa eu gostaria de dizer: pela primeira vez sinto orgulho de ser índio. Obrigado, gente.

Aplaudimos, e ficamos ali batendo papo. De repente, Rô apontou a mala onde estavam as roupas que havíamos usado na gravação:

— Gente, tive uma ideia. Hoje à noite tem o desfile de encerramento de Carnaval. E se a gente fosse lá... com essas roupas?

— Grande sacada — disse Cecília. — Pelo menos na última noite a gente brinca um pouco.

Em poucos minutos estávamos preparados. Cássio nos levou na *van* até o local do desfile, onde a nossa chegada foi saudada com grande entusiasmo.

— Que bloco é esse? — perguntou um folião.

— É o bloco do Alencar — respondi, mas ele não entendeu nada.

Dançamos e pulamos na avenida até o amanhecer. Ali estava o Peri, arrebentando a boca do balão; Cecília e Isabel, encantando a multidão; Loredano, fazendo cara de malvado; e até dona Lauriana — a tia Amélia se revelando uma carnavalesca de primeira. Foi um sucesso completo.

De madrugada voltamos para casa. Deitei e, cansadíssimo, adormeci em seguida. Tornei a sonhar com Alencar. Sentado numa palmeira, ele descia o rio. E, sorrindo, sumiu no horizonte.

· 14 ·

De como chegamos a um final feliz — para nós e para muitos

Três semanas depois voltamos a nos encontrar todos, no suntuoso salão de recepções da fundação cultural, onde seria divulgado o resultado do concurso. Não nego que estava ansioso, e fiquei contente quando meus pais e Teresa — a família mais uma vez me dando uma força — apareceram por lá. O lugar estava cheio: vários candidatos ao prêmio, com suas equipes e amigos andavam de um lado para o outro, excitados, nervosos. Toninho também estava, com todo o seu grupo, confiante na vitória.

— Você vai se arrepender de não ter participado no meu vídeo — disse à Rô, que lhe respondeu com uma careta.

Dona Margarida apareceu, pediu que sentássemos. Ocupamos as cadeiras, dispostas em filas. Ela pegou o microfone:

— Em primeiro lugar, quero agradecer a presença de todos nesta manhã em que a Fundação Cultural José de Alencar divulga os resultados do concurso para adaptação cinematográfica de *O Guarani*. Tivemos cento e doze inscrições, mas somente dezenove concorrentes apresentaram trabalhos. Vamos mostrar agora os três vídeos finalistas.

As luzes se apagaram e uma cortina abriu-se no fundo do salão, revelando uma tela. Ali foi projetado o primeiro vídeo,

Procurando Alencar, de Ademir Raulino, um estudante de arquitetura. Ademir tinha optado por um *O Guarani* surrealista. O cenário — por alguma razão que nos escapava — era o cais do porto e os personagens, usando roupas estilizadas, andavam de um lado para o outro recitando passagens do livro. Muito bem-feito, mas frio, e, para o meu gosto, estranho demais, além de longo: quase quarenta minutos. Ninguém gostou muito. Soaram alguns aplausos ao final, e isso foi tudo.

Dona Margarida anunciou o segundo finalista:

— *O ataque,* de Antônio Fortes de Assunção.

Era o Toninho, e todos nós nos mexemos nas cadeiras, inquietos e curiosos. Tratava-se, obviamente, de uma produção cara e bem-cuidada. O vídeo, por exemplo, era de excelente qualidade, com iluminação de profissional e uma trilha sonora provavelmente composta especialmente para ele. Mais que isso: seguramente contara com a ajuda de um roteirista (pelo menos para lhe explicar quem era o Loredano).

Tinham optado pela cena do ataque dos índios, com dezenas de figurantes. Ficou claro, porém, que Toninho só se preocupara em mostrar a fúria e a maldade dos indígenas, que ali estavam, pintados com as cores de guerra, fazendo caras horríveis.

— Só falta aparecer a cavalaria americana para salvar a família — murmurou Pedro a meu lado, e não deixava de ter razão: parecia mesmo um filme de faroeste.

Toninho e seu grupo aplaudiram estrondosamente, mas só eles: o resto do pessoal guardou um silêncio desdenhoso.

Nova pausa, e dona Margarida anunciou:

— O terceiro finalista: *Câmera na mão, O Guarani no coração.*

Modéstia à parte, estava bom o nosso vídeo. Muito bom *mesmo.* Sobre um fundo escuro, legendas explicavam a cena que se seguiria, Peri arrancando a palmeira, entre cujos ramos ele e Cecília seguiriam para o seu destino. Vinha então um *close* do rosto de Cecília e as imagens dos personagens de Alencar, Loredano na fogueira, Isabel e Álvaro no leito de morte, D. Antônio e D. Lauriana no ataque final... Aí a palmeira sumia no horizonte, e essa cena se dissolvia para dar lugar às imagens do toldo, as casinholas, os índios vestindo roupas esfarrapadas, as crianças nuas e sujas, tudo ao som de Carlos Gomes. Àquela altura eu já tinha visto o vídeo pelo menos umas cinquenta vezes, e mesmo assim fiquei arrepiado, com um nó na garganta. Quando surgiu na tela a palavra "Fim", os aplausos ressoaram na sala. Todos nos cumprimentavam, Toninho inclusive.

Dona Margarida mais uma vez pediu silêncio:

— Vamos agora ao resultado final.

À maneira da entrega do Oscar, abriu um envelope, colocou os óculos e leu:

— E o vencedor é...

Pausa dramática. Olhou-nos, sorridente:

— *Câmera na mão,* O Guarani *no coração!*

Saltamos das cadeiras, aos berros, começamos a nos abraçar e beijar. Ganhamos, gritava meu pai, e minha mãe, sempre emotiva, chorava como uma criança. O presidente da fundação, um homem de idade, elegantemente vestido, chamou-me para receber o prêmio. Era um cheque equivalente, naquela época, a uns dez mil dólares. Um cheque que eu ergui no ar, como os campeões esportivos erguem seus troféus.

No fim da tarde, reunimo-nos no Clécio para celebrar. Fomos recebidos com aplausos — todo mundo já sabia do resultado. Clécio anunciou, entre palmas, a introdução de um novo sanduíche no cardápio: *O Guarani.*

Sentamos, ainda comentando os acontecimentos daquela manhã. E aí o Pedro fez a pergunta que estava na cabeça de todos nós:

— Gente, o que é que a gente faz com o dinheiro?
— Vamos comprar equipamento — disse Cecília — e montar um estúdio como manda o figurino.

Aquela era a resposta óbvia, a resposta que nos ocorrera a todos. No entanto, e estranhamente, ela não nos satisfazia, ou pelo menos não nos satisfazia por inteiro. Prova disso é que ficamos em silêncio, um silêncio que era até certo ponto incômodo — como se faltasse algo a dizer que ainda não havia sido dito. E então Aníbal pigarreou:

— Bom, acho que é uma boa proposta. Mas...

Vacilou, sem saber exatamente como dizê-lo.

— Acho que equipamento não é tudo. É importante, mas não é tudo. Há outra coisa que a gente poderia fazer.

Respirou fundo:

— Nós deveríamos dar a metade do dinheiro para os índios. Aqueles índios da reserva. Eles precisam mais do que nós, gente. Além disso, se ganhamos o prêmio foi em parte graças a eles. É isso aí.

Calou-se. Não precisava dizer mais nada: havia falado por todos. E a lágrima no olho do Cacique era o testemunho mais eloquente disso.

Como eu disse, esta história ocorreu há bastante tempo. Desde então os nossos caminhos se separaram. Pedro hoje é diretor de cinema, Rô mora em Paris, Aníbal e Cecília — surpresa! — casaram e têm gêmeos. Cacique voltou a estudar e se formou em economia. Severo e tia Amélia, já idosos, moram na mesma casa; tenho notícias deles por meus pais, que sempre os visitam.

Não vejo mais o pessoal, mas de uma coisa estou seguro: todos eles guardam boas lembranças da nossa aventura. Que representou várias descobertas. Em primeiro lugar, a descoberta de Alencar: o preconceito que tínhamos contra *O Gua-*

rani acabou se transformando em paixão, à medida que fomos nos aprofundando na obra. Mas não é sempre assim? As coisas não mudam? Claro que mudam. No rio que corre por nossas vidas, muitas palmeiras vão surgindo e sumindo no horizonte. Ficam os sonhos, ficam as paixões. Já não temos a câmera na mão, mas teremos sempre *O Guarani* no coração.

Outros olhares sobre *O Guarani*

Agora que você acabou de ler a saga de Tato e seus amigos para filmar O Guarani, *veja como outros artistas se inspiraram no clássico de José de Alencar e recriaram sua obra em diferentes linguagens.*

O Guarani: da estante ao palco

Numa tarde qualquer de 1870, o maestro Carlos Gomes estava num café na Piazza del Duomo, em Milão, para onde tinha se mudado em 1864, a fim de aprimorar sua formação musical. Num certo momento, o compositor teria sido abordado por um livreiro ambulante que lhe oferecia um exemplar de *Il guarany* — a tradução italiana do romance de seu compatriota, o escritor brasileiro José de Alencar.

Imediatamente, Gomes resolveu musicar o drama de Peri e Ceci, que lera antes de deixar o Brasil. Assim teria composto a ópera *O Guarani*, com que se consagrou internacionalmente, naquele mesmo ano, no palco do célebre Teatro alla Scala, de Milão.

Talvez essa história apenas faça parte do nosso folclore literário-musical. De qualquer modo, o fato é que, nessa época, Carlos Gomes já pensava em compor uma ópera inspirada em assuntos genuinamente brasileiros. No romance de José de Alencar, encontrou o tema e o enredo adequados ao caráter monumental do gênero ópera.

Com força e originalidade, Carlos Gomes conseguiu adaptar a epopeia do índio Peri para a cena e o canto. A atualidade e a importância de sua composição podem ser comprovadas pela audição das versões recentemente gravadas de *O Guarani*, interpretadas por tenores de grande renome internacional, como o espanhol José Carreras e o italiano Luciano Pavarotti.

Carlos Gomes, autor da versão operística de *O Guarani*.

Um romance de sucesso desde a primeira publicação

Na verdade, não é de espantar que uma grande obra literária inspire uma grande obra musical. Nem pode surpreender o fato de que *O Guarani*, escrito por Alencar alguns anos antes, já houvesse merecido uma tradução para o italiano.

O Guarani foi publicado pela primeira vez no *Diário do Rio de Janeiro*, entre janeiro e abril de 1857, sob a forma de folhetim, isto é, em capítulos encartados no jornal fluminense. Conheceu no mesmo ano uma edição em forma de livro. Conquistou imediatamente uma posição de destaque na literatura brasileira, caindo nas graças do imperador Pedro II, um entusiasta da literatura. O romance foi aclamado pelo público e pela crítica, e desde então tem seduzido várias gerações de leitores e críticos literários.

O que pode explicar esse enorme sucesso, que já dura século e meio? Entre outras razões, é preciso lembrar que, no ano em que o livro foi publicado, o Brasil praticamente acabara de se tornar independente. Naquele momento histórico — o Segundo Reinado — era importante consolidar a identidade nacional. Era preciso saber o que exatamente os brasileiros tinham de característica particular e o que os diferenciava dos outros povos.

O país precisava de heróis próprios, que representassem simbolicamente o seu povo. No plano da literatura é *O Guarani* que atende a essa necessidade, uma vez que o livro tem como herói o índio — primeiro habitante de nossa terra, que por isso mesmo representa aquilo que os brasileiros mais têm de original.

Tema indianista. *Moema*, pintura de Victor Meirelles, de 1865.

O Guarani nas telas: filmes e novelas de TV

Mas, além de cumprir uma missão histórica, para a maioria dos leitores da época de sua publicação *O Guarani* oferecia, de maneira elaborada e precisa, os ingredientes de aventura, amor, emoção e suspense que se esperava então de um bom texto.

No século XIX, a literatura tinha, junto ao público, um papel semelhante ao da novela de TV nos dias de hoje. Publicado no jornal, *O Guarani* conquistou grande popularidade justamente pelos seus aspectos folhetinescos: as paixões, os duelos, a coragem e a capacidade sobre-humana de Peri, o herói (com quem os leitores se identificavam).

Elementos como o dinamismo do enredo de *O Guarani* e o impacto cênico das descrições de Alencar constituíram igualmente uma fonte sedutora para o cinema brasileiro, que surgiria cerca de cinquenta anos depois do ano da primeira edição do livro. Não demorou para que o romance de Alencar conquistasse também um lugar na história do cinema brasileiro.

Chegou às telas antes do cinema falado, em 1916, numa verão produzida e dirigida por Vittorio Capellaro e Antônio Campos, dois pioneiros da cinematografia no Brasil. Nesse mesmo ano, aliás, outros dois romances de José de Alencar chegaram às salas de exibição: *Lucíola* e *A viuvinha*. Além disso, o próprio Vittorio Capellaro daria uma nova versão cinematográfica para *O Guarani*, em 1926.

Porém engana-se quem pensar que a obra de Alencar repercutiu somente no cinema mudo. O fascínio da história continuou a se exercer ao longo do século XX. Mesmo recentemente, em 1995, Norma Bengell produziu e dirigiu sua versão do romance. Bengell é uma das mais destacadas atrizes do cinema brasileiro contemporâneo, tendo participado de fil-

Cena de *O Guarani*, em versão cinematográfica de 1920.

mes de vanguarda e obtido reconhecimento internacional.

Em *O Guarani* de Norma Bengell, os papéis principais ficaram a cargo de Márcio Garcia e Tatiana Issa. Por serem originários da televisão, esses atores emprestaram sua popularidade ao filme, que encontrou uma boa acolhida do público. Ao mesmo tempo, a dupla "rejuvenesceu" os personagens de Peri e Ceci, adaptando-os ao imaginário contemporâneo, com o auxílio da trilha sonora de Wagner Tiso.

O filme de Norma Bengell é, portanto, um exemplo contemporâneo da capacidade de *O Guarani* manter seu encanto ao longo do tempo, conseguindo seduzir a imaginação tanto dos cineastas como dos espectadores. É bem possível, aliás, que novas adaptações venham a ser feitas no futuro.

Assim como conquistou os personagens de *Câmera na mão, O Guarani no coração*, a história de Peri continua a ganhar admiradores. Conservar sua vitalidade e a capacidade de influenciar ao longo de mais de um século são, por sinal, características marcantes da boa literatura.

DESCOBRINDO OS CLÁSSICOS

SUPLEMENTO *de leitura*

CÂMERA NA MÃO, O GUARANI NO CORAÇÃO • MOACYR SCLIAR

Escola: _____ º ano

Nome: _____

Depois de Tato e seus amigos, chegou a nossa vez de trabalhar com *O Guarani*.
Os exercícios a seguir vão ajudá-lo a lembrar o que aconteceu com os jovens cineastas.
E também a história do livro de José de Alencar, que você leu junto com eles.

UMA LEITURA DE
O GUARANI
JOSÉ DE ALENCAR

editora ática

c. De Rô sobre Isabel.

d. De Aníbal sobre Loredano.

e. De Renato sobre *O Guarani*, expressa no parágrafo final do romance de Moacyr Scliar.

5. Para lembrar como foi a convivência entre o grupo nos dias em que estiveram juntos, e algumas opiniões que expressaram, leia as afirmações que seguem, assinalando com um V as verdadeiras e com um F as falsas.

( ) Severo gostou da ideia de falar sobre *O Guarani* para Renato e seus amigos; além disso, achou que seria boa a participação da filha, que estava passando por uma fase difícil naquele momento.

( ) Enquanto os rapazes escutam de Severo a história de *O Guarani*, outras histórias vão se desenvolvendo, como a crise pelo fim do namoro entre Aníbal e Rô, a de Cacique e seu problema pessoal com o preconceito, a do envolvimento amoroso de Severo e tia Amélia.

( ) A identificação entre Aníbal e Loredano é muito significativa, pois o rapaz se revela um mau-caráter, assim